마지막 수업

알퐁스 도데 지음 | 송은실 옮김

소담출판사

송은실

서울 출생. 한양대학교 영어영문학과 졸업.
역서로『갈매기의 꿈』,『크눌프, 그 삶의 세 이야기』,『마지막 잎새』 등이 있다.

BESTSELLER WORLDBOOK 10

마지막 수업

펴낸날 | 1991년 6월 1일 초판 1쇄
         2012년 7월 2일 초판 33쇄

지은이 | 알퐁스 도데
옮긴이 | 송은실
펴낸이 | 이태권
펴낸곳 | (주)태일소담
         서울시 성북구 성북동 178-2 (우)136-020
         전화 | 745-8566~7 팩스 | 747-3238
         e-mail | sodam@dreamsodam.co.kr
         등록번호 | 제2-42호(1979년 11월 14일)
         홈페이지 | www.dreamsodam.co.kr

ISBN 89-7381-010-3 00860

- 책값은 뒤표지에 있습니다.
- 잘못된 책은 구입하신 곳에서 교환해드립니다.

La Derniere Classe

Alphonse Daudet

아아! 나는 이 마지막 수업을 언제까지나 잊지 못하리라…….

La Derniere Classe

차례

마지막 수업
— 어느 알자스 소년의 이야기

그날 아침, 나는 학교에 몹시 늦게 가고 있었다. 더욱이, 아멜 선생님께서는 분사(分詞)에 대해 질문하겠노라고 말씀하셨는데, 나는 그 문법을 전혀 외우지 못했기 때문에 꾸중을 듣게 되지나 않을까 여간 겁이 나는 게 아니었다. 잠깐 동안이나마, 차라리 학교를 빠지고 들에나 돌아다닐까 하는 생각조차 들었다.

날씨는 너무나 화창하고 맑았다. 숲에서는 티티새 지저귀는 소리가 들렸고, 제재소 뒤의 리페르 벌판에서는 프러시아 군인들이 훈련을 받는 호령 소리만 들릴 뿐이었다.

그 모든 소리들은 분사의 규칙 이상으로 내 마음을 자극하여 설레이게 했다. 하지만 내게는 그것을 이겨낼 만한 힘이 있었다. 그래서 부랴부랴 학교를 향해 달려간 것이었다.

면사무소 앞을 지날 때, 조그만 게시판 앞에 걸음을 멈추고 서 있는 사람들이 눈에 띄었다. 2년 전부터 패전이니, 징발이니, 군 사령부의 명령이니 하는 온갖 나쁜 소식만 우리에게 전해 준 게시판이었다. 나는 멈춰 서지도 않고 생각했다.

'또 무슨 일이 일어났을까?'

내가 마침 광장을 가로질러 달려가려 할 때, 도제(徒弟)와 같이 그 곳에서 게시문을 읽고 있던 대장간의 와슈테 영감님이 소리쳐 말했다.

「얘, 그렇게 서둘러 갈 것 없다. 그러지 않아도 지각하진 않을 테니!」

나는 와슈테 영감님이 나를 놀려대는 줄 알았다. 그래서 헐레벌떡 아멜 선생님의 조그만 마당으로 뛰어 들어간 것이다.

보통때 같으면, 수업이 시작될 때는 으레 길거리까지 왁자지껄한 소리가 들리게 마련이다. 책상을 여닫는 소리며, 잘 외우려고 귀를 틀어막고 큰소리로 읽어대는 소리, 거기에 「좀 조용히 해!」 하며 교탁을 두드리는 선생님의 큼지막한 자막대기 소리 등.

나는 선생님 몰래 살그머니 내 자리에 가서 앉을 생각으로 그런 모든 소란한 소리들을 기대하고 있었다. 그런데 그날따라 전체 분위기가 일요일 아침처럼 고요하기만 했다. 열려진 창 안으로는 아이들이 각기 제 자리에 앉아 있고, 아멜 선생님이 그 무서운 쇠자막대기를 안고 왔다갔다하는 모습이 보였다.

나는 이런 고요의 한복판으로 문을 열고 들어가야 했다. 얼마나 내 얼굴이 빨개졌고, 얼마나 두려움에 사로잡혔을지 여러분도 쉽사리 상상할 수 있으리라.

그런데 의외였다. 아멜 선생님은 나를 보더니 화는커녕 정말이지 너무도 부드럽게 말씀하시는 것이었다.

「어서 네 자리에 가서 앉거라, 프란츠. 너를 기다리지 않고 수업을 시작할 뻔했구나.」

나는 의자를 넘어 내 책상 앞에 가서 앉았다. 그제서야 두려움이 가신 나는 우리의 선생님이 검열일이나 상품수여식(졸업식)이 있는 날이 아니고서는 좀처럼 입지 않는 초록빛의 아름다운 프록코트를 입으셨고, 섬세하게 주름이 잡힌 가슴 장식을 달았고, 자수가 놓인 검은 명주의 테 없는 모자를 쓴 모습이 눈에 들어왔다.

그뿐만이 아니라 교실 전체가 보통 때와는 다른 왠지 장중한 분위기가 감돌고 있음이 느껴졌다. 그 중에서도 나를 가장 놀라게 한 것은 평소에는 비어 있는 교실 구석의 의자에 마을 사람들이 우리들처럼 조용히 앉아 있는 모습이었다. 세모꼴 모자를 쓴 오제 영감님이며, 전에 면장님이며, 우편 배달을 했던 사람이며, 그 밖에도 많은 사람들이 모여 있었다.

그들은 모두 슬픈 표정이었다. 특히 오제 영감님은 가장자리가 낡은 프랑스어 초보 교재를 무릎 위에 펴놓고 그 위에 커다란 안경을 올려놓고 있었다.

내가 이런 모든 일에 놀라고 있는 동안 아멜 선생님은 교단 위에 올라가서 나를 맞이해 줄 때와 똑같이 부드럽고 무거운 목소리로 말문을 열었다.

「여러분, 내가 여러분을 위해서 수업을 하는 것은 이것이 마지막입니다. 알자스와 로렌 주(州)에서는 이제부터 독일어 외에는 가르칠 수 없다는 명령이 베를린으로부터 시달되었습니다. 새 선생님은 내일 도착하십니다. 오늘은 여러분에게 프랑스어의 마지막 수업이 됩니다. 아무쪼록 주의해서 들어주세요.」

　이 짧은 말은 내 마음을 온통 뒤집어 놓았다. 아아, 지독한 악당놈들! 면사무소 게시판에 적힌 글이 바로 이것이었구나.

　프랑스어의 마지막 수업……. 그런데 나로 말하자면 겨우 그것을 쓸 수 있을 정도였다. 이제 영원히 배울 수 없으려나! 이것으로 끝이란 말인가…….

　나는 지금까지 헛되이 보낸 시간을 얼마나 후회했는지 모른다. 새 둥지를 찾아 돌아다닌 일, 사르 냇가에서 얼음을 지치느라고 학교 수업을 게을리한 일 등.

　좀전까지만 해도 그토록 번거롭고 들고 오는 데 무겁게만 느껴졌던 문법 교과서나 성서 등이 이제는 도저히 헤어질래야 헤어질 수 없는, 오래 사귀어 온 벗처럼 생각되었다.

　아멜 선생님 또한 그랬다. 그분과 다시는 만날 수 없다는 생각은, 그동안 벌을 받은 일이며 자막대기로 얻어맞은 일 등을 고스란히 잊게 해주고도 남았다.

가엾으신 분! 그분이 정장 차림을 한 것은 이 마지막 수업을 위해서이다. 그리고 나는 지금에야 비로소 마을의 노인들이 왜 교실 구석에 와서 앉아 있는지를 알 수 있었다.

그들은 보다 더 자주 이 학교를 찾아오지 않은 것을 뉘우치고 있는 듯했다. 또 우리의 선생님이 학교에 기울인 마흔 해 동안의 탁월한 공로를 감사히 여기고, 나아가서는 사라져 가는 조국에 대하여 그들의 마지막 의무를 다하기 위해서 저렇게 와 앉아 있는 것처럼 보였다.

나는 이런저런 생각에 잠겨 있었다. 그때 내 이름이 불리는 소리가 들려 왔다. 내가 암송할 차례였다.

나는 문제의 그 분사 규칙을 정말로 크게, 그리고 똑똑하게, 한 군데도 틀리지 않고 낱낱이 욀 수 있기를 얼마나 바랐던지……. 그런데 처음의 두세 마디에서 그만 헷갈려 당황해 버렸으니, 마음은 한없이 서글퍼져서 머리를 좀처럼 들지도 못한 채 의자 안에서 몸만 흔들거리며 서 있을 뿐이었다. 나는 아멜 선생님의 말씀을 듣고 있었다.

「프란츠, 너를 꾸짖지 않겠다. 너는 벌써 충분히 벌을 받은 거야. 결국 이렇게 되고 말았구나. 날마다 너는 이렇게 자신에게 말했겠지. '뭐 서두를 것 없어, 내일 배우면 되지 뭐.' 그런 결과 어떤 일이 빚어졌는지 네가 보는 대로란다. 아아! 자녀의 교육을 내일로 미루는 것이야말로 우리 알자스의 가장 큰 불행이었지. 지금, 저 사람들은 우리에게 이런 말을 할 권리가 있는 거야. '뭐, 너희들이 프랑스인이라고? 그런데 너희는 프랑스인이라고 우겨대면서 제 나라 말조차 할 줄 모르지 뭐야!' 그렇긴 하지만, 프란츠. 가장 죄가 많은 사람은 네가 아니란다. 우리는 누구나가 충분히 추궁을 당해야 마땅한 거야. 너희 부모님들은 너희가 교육받기를 그다지 원하지 않으셨어. 한 푼의 돈이라도 더 많이 벌기 위해 너희들을 밭이나 실 뽑는 공장으로 보내고 싶어하셨지. 하긴, 나 자신만 해도 과연 내 자신을 탓할 만한 일이 전혀 없을까? 수업시간에 너희들을 내 꽃밭에 물을 뿌리게 한 일이 없었던가? 또 은어를 낚고 싶었을 때, 너희들을 쉬게 하는 데 죄책감을 느꼈던가?」

아멜 선생님은 계속해서 프랑스어에 관해서 우리에게 말씀하셨다. 세계에서 가장 아름답고 또렷하고 견실한 말이라는 것, 우리들 사이에 굳건히 보유해야지 결코 잊어서는 안 된다는 것, 한 민족이 노예 신세가 되었을 때 그 나라 말을 능히 보유하는 것은 마치 그들이 감옥의 열쇠를 쥐고 있는 거나 마찬가지라는 것 등……

그런 뒤에, 선생님은 문법책을 들고 우리가 암송한 부분을 읽어주셨다. 나는 내가 이토록 잘 이해할 수 있다는 데 놀랐다. 선생님이 말씀하시고 들려주시는 모든 것이 참으로 쉽게만 여겨졌다.

나는 내 자신이 이토록 주의를 기울여 들어본 적이 지금까지 한 번도 없었고, 선생님도 이렇게 열심히 설명하신 일은 일찍이 없었다. 떠나기 전에 그분은 선생님의 모든 지혜를 단 한 번에 우리의 머리 속에 넣어 주려는 결심을 하셨는지도 모를 일이다.

암송이 끝나고 다음에는 쓰기 공부로 들어갔다. 이 날을 위해서 아멜 선생님은 새로운 습자책을 마련해 놓으셨다. 거기에는 아름다운 론드체로 '프랑스, 알자스, 프랑스, 알자스' 라고 씌어 있었다. 마치 그것은 수많은 조그만 기를 교실의 둘레와 우리들 책상의 가로대에 꽂아 펄럭이게 하고 있는 것 같았다.

우리는 얼마나 열성을 기울였는지 모른다. 게다가 이 얼마나 고요한가! 종이 위에 그어대는 펜 소리 외에는 아무 소리도 들리지 않았다.

한참 동안 풍뎅이가 몇 마리나 날아 들어와서 윙윙거렸지만 누구하나 거기에 정신을 파는 사람이 없었다. 그것조차 프랑스어라는 양, 아주 작은 어린이까지도 용기와 신념으로써 각자의 사선(斜線)을 긋는 일에 정성을 쏟고 있었다.

학교의 지붕에서는 비둘기가 작은 소리로 울고 있었다. 나는 그 소리를 들으며 생각했다.

'그들은 저 비둘기들도 독일어로 지저귀게 하려는 것은 아닐까?'

가끔 책장 위에서 눈을 들어보면, 아멜 선생님이 교단의 자기 자리에서 꼼짝도 하지 않으시는 모습이 눈에 띄었다. 그는 마치 자기의 이 작은 학교에 있는 모든 것을 눈 속에 넣어 가지고 가려는 듯이 그 둘레의 물체를 응시하고 계셨다.

생각해 보면 지난 마흔 해 동안 그는 똑같은 자리에 앉아 지냈던 것이다. 운동장은 정면에 있고, 다만 책상과 의자만이 오래 쓰이는 동안 긁히고 윤이 나고 했을 뿐이다. 운동장의 밤나무는 키가 자랐고, 그가 손수 심은 우블롱(맥주 만드는 데 쓰는 홉)도 이제는 지붕에 닿을 정도로 자라서 창문을 장식하고 있었다.

이 모든 것과 이별을 고해야 한다는 사실과, 그곳의 위층 방에서 짐을 챙기느라고 그의 누이동생이 왔다갔다하는 발걸음 소리를 들어야 한다는 사실은, 이 가엾은 분으로서는 얼마나 견디기 어려운 슬픔이었겠는가. 그들은 이튿날 이곳을 떠나 영원히 고국을 멀리하지 않으면 안 되는 처지였다.

어쨌든 그는 우리의 마지막 수업을 끝까지 계속할 굳은 결심을 하고 계셨다.

쓰기 다음에는 역사 공부였다. 그리고 조그만 어린이들이 모두 함께 BA · BE · BI · BO · BU(바 · 베 · 비 · 보 · 부)를 노래했다.

교실의 저쪽 구석에서는 오제 영감님이 안경을 끼고 앉아서 교과서를 두 손으로 들고 어린애들과 함께 글자 읽기를 하고 계셨다. 영감님 또한 우리와 마찬가지로 공부에 열중하셨다.

그의 목소리는 감동으로 떨리고 있었다. 그가 읽는 목소리가 여간 우스꽝스러운 것이 아니어서, 우리는 모두 웃어야 할지 울어야 할지 모를 지경이었다. 아아! 나는 이 마지막 수업을 언제까지나 잊지 못하리라……

별안간 학교의 괘종시계가 열두시를 치고, 이어서 알젤리스의 종 (아침, 낮, 저녁 기도를 알리기 위해 치는 종) 소리가 들려 왔다. 동시에 훈련을 마치고 돌아온 프러시아 병사의 나팔 소리가 우리 교실의 창 밑에서 울려 퍼지기 시작했다.

아멜 선생님은 얼굴이 새파랗게 되어 교단 위의 자기 자리에서 일어섰다. 그가 그렇게 크게 보인 적은 지금까지 한 번도 없었다.

「여러분……」

하고 그는 말문을 열었다.

「여러분, 나는…… 나는…….」

그러나 무엇인가가 그의 숨을 막히게 한 듯 그는 그 말을 끝맺을 수가 없었다.

그는 칠판 쪽으로 돌아서더니 분필을 집어들고는, 있는 힘을 다해 한껏 큰 글씨로 이렇게 쓰는 것이었다.

'VIVE LA FRANCE!(프랑스 만세!)'

그리고는 머리를 벽에 눌러 대고 잠시 그 자리에 꼼짝도 않고 있더니, 이윽고 말없이 손짓으로 돌아가라는 신호를 하였다.

"이제 끝났습니다. 모두 돌아가십시오."

당구

병사들은 이틀 간이나 전투를 계속한 데다가 간밤에 배낭을 짊어진 채 쏟아지는 빗속에서 지냈기 때문에 몹시 지쳐 있었다.

더구나 세 시간 전부터 병사들은 총을 내린 채 가로(街路)의 물구덩이와 질척한 진흙밭 속에서 몸이 얼어 들어가고 있었다.

며칠 밤을 그대로 새운 탓으로 피로에 지친 병사들은 군복이 물에 젖어 서로 몸을 녹이고 부축하기 위해 다 같이 달라붙어 있었다. 옆에 선 전우의 배낭에 기댄 채로 잠들어 있는 병사도 있었다. 잠에 취해 긴장이 풀어진 병사들의 얼굴에는 심신의 피로와 궁핍함이 한층 더 뚜렷이 나타나 있었다. 비는 내리고 진흙탕 속에서 몸을 녹일 불도 없고 배를 채울 음식도 없이 먹구름이 나직이 드리운 하늘 아래 여기저기서 적병의 기척만 느껴질 뿐이었다. 음울한 풍경이었다.

무엇을 하고 있는 것일까? 무슨 일이 일어나고 있는 것일까?

　포구(砲口)를 숲으로 향하고 있는 대포들은 무엇인가를 노리고 있는 것 같았다. 숨겨진 기관총들은 똑바로 지평선을 향하고 있었다. 공격을 위한 만반의 준비가 갖추어진 모양이었다. 그런데 어째서 공격을 하지 않는 것일까? 무엇을 기다리고 있는 것일까?

　병사들은 명령을 기다리고 있었다. 그러나 사령부에서 명령이 내려오지 않고 있었다.

　사령부가 멀리 있는 것도 아니었다. 비에 씻겨 산허리에서 반짝이고 있는 루이 13세풍의 붉은 벽돌로 된 성곽이 바로 사령부였다. 정녕 프랑스 원수의 기를 꽂기에 알맞은 왕후(王后)의 궁성이었다. 큰 도랑과 돌축대가 한길로부터 갈라놓은 잔디는 그 뒤로 뻗어올라 돌층계에까지 이르고 있었고, 골고루 깔려 있는 잔디 변두리에는 화분이 나란히 놓여 있었다. 반대편 저택의 안쪽에는 소사나무의 묘목이 밝은 통로를 이루고, 백조들이 헤엄치고 있는 연못이 거울처럼 펼쳐졌다. 탑의 모양을 하고 있는 큰 새장의 지붕 밑 숲속에서는 들꿩이 날카로운 소리를 지르며 날갯짓을 하거나 꼬리를 펼치고 있었다.

　사령관기는 잔디밭의 작은 꽃까지 지켜보았다. 초목들이 나란히 늘어서고 가로수 길의 깊은 침묵과 모든 질서가 간직되어 있었다. 전쟁터 가까이에서 이처럼 깊은 정적(靜寂)을 만난다는 것은 너무도 인상적인 일이다.

　저 아래쪽에서는 도로에 불쾌한 진흙을 이겨 올리고 깊은 바퀴자

국을 남기는 비가 여기서는 붉은 벽돌, 푸른 잔디를 한층 선명하게 하고, 오렌지 나뭇잎과 백조의 흰 깃털을 윤기있게 만드는 정숙하고도 귀족적인 소나기에 지나지 않았다. 모든 것이 밝고 잔잔했다. 지붕에서 펄럭이는 장군의 깃발과 철책 앞에 보초를 서고 있는 두 병사의 모습이 보이지 않았던들 아무도 사령부가 있다고는 생각하지 않을 것이다. 말들은 마구간에서 쉬고 있었다. 여기저기 눈에 띄는 건 마부 아니면 주방 주변을 왔다갔다하는 작업복 차림의 사병, 혹은 넓은 앞뜰의 모래를 고무래로 고르고 있는 붉은 바지를 입은 몇몇 정원사뿐이었다.

돌층계를 향해 창이 나 있는 식당에는 식사 후 반쯤 치워진 식탁이 있었고 구겨진 테이블보 위에 마개 뽑은 술병이며 윤기 없는 빈 컵들이 스산하게 흩어져 있는 것이 보였다. 식사가 끝나고 손님들은 떠난 모양이었다. 옆방에서는 말소리, 웃음소리, 당구 구르는 소리, 컵 부딪치는 소리가 떠들썩하게 들려왔다. 원수(元帥)가 당구에 열중해 있었기 때문에 부대는 명령을 기다리고 있었다. 원수가 당구를 시작하면 하늘이 무너지는 한이 있더라도 중단하지 않았다.

당구!

그것이 바로 이 위대한 군인의 결점이었다. 그는 정장을 하고 가슴에는 수많은 훈장을 단 채 식사와 경기와 그록주(酒)에 흥분하여 붉어진 뺨에 눈을 빛내고 있었다. 마치 전쟁에라도 임한 듯 그 표정은 사뭇 진지했다. 부관들은 정중하게 장군을 둘러싸고 그가 한 번 칠

때마다 감동을 이기지 못하는 표정을 지었다. 또한 장군이 한 점을 더하면 다 같이 기록을 하려고 달려갔고, 장군이 목이 마르다면 그록주를 준비하려 드는 것이었다. 견장과 군모의 깃털 장식들이 스치고 훈장과 장식끈이 소리를 내고 있었다. 정원과 뜰을 향하여 떡갈나무 판자를 댄 천장 높은 이 넓은 홀에서 이 부관들의 품위 있는 미소며 예절은 공피엔뉴의 가을을 상기시켰다. 그리고 저편 가도를 따라 그 연변에서 추위에 얼어가고 비에 젖은 채 검은 덩어리를 이루고 있는 때에 찌든 외투의 무리들을 다소 잊게 했다.

장군의 상대방은 작달막한 참모부의 대위로서 가죽띠를 매고 곱슬머리에 훌륭한 장갑을 낀, 당구에 있어서는 타의 추종을 불허하는 제일인자로 온 세상의 모든 장군들을 모두 이겨낼 수 있는 솜씨지만, 자기 상관에 대한 존경심에서 겸손하게 나왔으며 또한 이기지 않도록, 그러나 쉽사리 지지도 않으려고 노력하는 인물이었다. 대위는 장래가 촉망되는 장교라 불리우고 있는 터였다.

「조심해서 잘하게, 젊은이. 각하는 열다섯이고 자네는 열일세. 그렇게 해서 끝까지 끌고 나가게. 그렇게 한다면 내려오지도 않는 명령을 기다리며 멋진 군복을 더럽히고 장식끈의 금색을 흩뜨리며 지평선 위로 억수처럼 쏟아지는 비를 맞고 있는 자네 동료들과 함께 밖에 있는 것보다는 진급이 빠를 걸세.」

참으로 숨막히는 게임이었다. 당구공들은 달리고 스치고 엇갈리면서 홍색과 백색이 뒤섞였다. 당구대 측면에 맞으면 즉각 튀어나오고 나사(羅紗) 위로는 부리나케 굴러다녔다. 그때 돌연히 대포의 포화가 공중에서 번쩍 빛났다. 둔한 포성이 유리창을 뒤흔들자 모든 사람이 전율하고 불안한 표정으로 서로를 바라보았다. 단지 장군만이 보지도 듣지도 못하는 것이었다. 당구대에 몸을 굽인 채 그는 멋진 끌기[引云]를 생각하고 있었다. 장군은 바로 이 끌기를 자랑으로 삼고 있었다.

그러나 또다시 포화가 번쩍 빛났고 또 다른 포화가 뒤따랐다. 포성은 계속되었고 점점 더 심해졌다. 부관들은 창으로 달려갔다. 프러시아 군인들이 공격을 감행해 올 것인가?

「좋아, 쳐들어 오려면 쳐들어와라!」

하고 장군은 초크를 칠하면서 말했다.

「대위, 자네 차례일세.」

참모들은 감동에 몸을 떨었다. 전투에 임박한 이때에 당구대를 앞에 두고 이처럼 냉정한 장군에 비하면 포가(砲架)에서 잠을 잤다는 트렌느 따윈 아무것도 아니었다. 그러는 사이에도 소음은 점점 더해갔다. 포성의 진동 속에 귀를 찢는 듯한 기관총 소리, 그리고 일제 사격의 총성이 더해졌다. 잔디밭 가장자리 주변에 검붉은 연기가 피어올랐고 뜰 전체가 불에 휩싸였다. 놀란 공작과 꿩들이 우리 안에서 아우성치고 화약 냄새를 맡은 아라비아 말들이 곤두서 있었다. 사령부는 동요하기 시작했다. 계속해서 급보가 들어왔다. 파발군이 뒤를 이어 뛰어 들어왔다. 장군을 뵙자는 것이었다.

그러나 장군에겐 가까이 갈 수가 없었다. 앞에서도 이야기했듯이 승부가 끝나기 전에는 아무도 장군을 방해할 수 없는 것이다.

「대위, 자네 차례일세.」

그러나 대위는 마음이 산만해져 있었다. 젊음이란 얼마나 가련한가! 바야흐로 그는 사려를 잃고 책략을 망각하여 계속 두 번이나 연달아 점수를 따서 거의 이긴 것이나 다름없었다. 이번에는 장군이 노발대발했다. 놀라움과 분노의 표정이 그의 씩씩한 얼굴에 뚜렷이 드러났다. 바로 이때 한 필의 말이 날 듯이 하여 뜰 안으로 달려 들어왔다. 진흙투성이가 된 부관 한 명이 보초를 밀어젖히고 단숨에 돌층계를 넘어섰다.

「각하…… 각하…….」

부관을 어떻게 맞아들였는지 돌이켜보건대 가관이었다. 노여움에 온몸이 부풀고 수탉처럼 얼굴이 붉어진 원수가 큐를 손에 쥔 채 창가에 나타났다.

「무슨 일이냐? ……뭐냐? 거긴 보초도 없느냐?」

「그러나 각하…….」

「좋아…… 이제 곧…… 명령을 기다려라, 제기랄…….」

그리고 나서 쾅 하고 창문이 닫혔다.

그의 명령을 기다려야 한다!

그 가엾은 병사들이 기다리는 것도 바로 그것이었다. 바람은 비와 산탄을 사정없이 그들의 얼굴로 몰아쳤다. 몇몇 대대가 괴멸되어 버

린 반면 또 다른 대대들은 어째서 전투에 참가하지 않는지 알지도 못
하고 무기를 손에 든 채 멍청히 있었다. 어쩔 수 없이 명령만 기다리
는 것이었다. 그러나 죽는 데는 명령이 필요 없어 병사들은 계속 침
묵을 지키고 있는 이 큰 저택을 앞에 두고 숲 뒤나 도랑 속에서 수백
명씩 쓰러져 갔다. 그들이 쓰러진 뒤에도 총알은 계속 그들의 몸을
찢고 그 상처에서는 씩씩한 프랑스의 피가 소리없이 흘러나오고 있
었다.

저편 당구장에서도 싸움은 치열해져 가고 있었다. 장군은 또다시
우세에 놓여 있었다. 키가 작은 대위도 사자처럼 방어하고 있었다.

열일곱…… 열여덟…… 열아홉.

겨우 점수를 기록할 정도였다. 총성은 점점 다가오고 있었다. 장군
은 앞으로 한 큐로 끝장낼 것이다. 포탄은 이미 뜰 위에 떨어지고 있
었다. 연못 위에서도 한 방의 포탄이 터졌다. 거울 같은 연못의 수면
이 갈라지면서 피투성이가 된 채 백조 한 마리가 겁에 질려 날개를
휘두르며 헤엄쳤다. 이것이 마지막 한 큐였다……. 바야흐로 깊은 침
묵이 깃들고 있었다. 이제는 자작나무 위에 내리는 빗소리, 언덕 밑
에서 들려오는 어수선한 웅성거림, 그리고 물에 잠긴 도로 위를 급히
지나가는 가축떼의 발걸음 소리 같은 것만 들려올 뿐이었다. 병사들
은 한창 패주(敗走)중이었다.

원수는 승부에서 이겼다.

콜마르 재판관의 환상

　기욤 황제에게 선서를 하기 전까지는 콜마르(알자스의 지명) 재판소의 작달막한 돌렝제 판사만큼 행복한 사람은 없었다. 법모(法帽)를 비스듬히 쓰고 불룩한 배와 꽃처럼 붉게 열린 입술에, 모슬린 깃장식 위로 세 겹의 턱을 얹고 공판정에 나타날 때는 무척 행복해 보였다. 그리고 의자에 앉을 때는 '아아! 기분 좋게 한잠 자 볼까' 라고 말하는 듯한 표정이었다. 그가 퉁퉁한 두 다리를 쭉 뻗고 커다란 팔걸이의자의 부드럽고도 둥근 새 가죽방석에 앉는 폼은 곁에서 보기에도 자못 유쾌한 일이었다. 30년 간을 시종 재판관으로 살아왔지만 이 가죽방석이 있어서 지금도 여전히 변함없는 기분과 밝은 얼굴로 지낼 수가 있는 것이다.

　불운한 돌렝제!

그의 신세를 망친 것은 바로 이 둥근 방석이었다. 그 모조 가죽방석에서 털고 일어나기보다는 차라리 프러시아 인이 되길 원할 만큼 그 방석이 마음에 들었고 또 거기에 훌륭히 낙착되어 있다고 생각하던 터였다. 기욤 황제는 그에게 이렇게 말했다.

「돌렝제 씨, 그대로 있으시오.」

그래서 돌렝제는 그대로 근무했다.

바야흐로 그는 콜마르 재판소의 공소원 관사로서 베를린에 있는 황제 폐하의 이름 아래 과감히 수행하고 있는 것이었다.

그의 주변에서 아무것도 변한 것이 없었다. 여전히 낡고 단조로운 재판소, 닳아서 반들거리는 의자가 줄지어 있고 빈 벽에 와글거리는 변호사들이 있는 교리문답실 같은 넓은 홀, 사지 커튼을 친 높은 창문에서 떨어져 오는 희미한 빛, 팔을 벌린 먼지투성이의 커다란 그리스도 상 등 모두가 변함이 없었다. 프러시아 영토가 되었지만 콜마르 재판소의 격은 유지되고 있었다. 재판소 안쪽에는 여전히 황제의 흉상이 있었다. 그런데도 돌렝제는 타향에 있는 듯한 느낌이었다. 팔걸이의자에 몸을 던진 채 깊숙이 파묻혀봐야 별 소용이 없었다. 이제는 옛날처럼 기분 좋게 잠들 수도 없었고, 가끔 법정에서 잠이 들면 사나운 꿈에 빠지는 것이었다.

오네코(알자스의 산)나 발롱달자스(보주 산맥) 같은 높은 산 위에 있는 꿈이었다. 그런 곳에서 홀로 법복을 입고 비틀린 나무나 소용돌이 치는 작은 벌레들만 보이는 무섭고 높은 곳에서 커다란 팔걸이의 자에 앉아 무엇을 하는 것일까? 그것은 돌렝제 자신도 알지 못하는 일이었다. 그가 악몽에 쫓겨 식은땀을 흘린 채 부들부들 떨면서 기다리고 있노라면 라인강 저편 검은 전나무숲 뒤에서 붉고 큰 태양이 떠올랐다. 태양이 점점 높이 솟아오름에 따라 탄이나 멩스테르 계곡에서, 또 알자스의 끝에서 끝으로부터 밑도 끝도 없는 웅성거림, 사람들의 발소리, 차소리가 점점 더 커지고, 그러면 돌렝제의 가슴은 콩알만해지는 것이었다.

이윽고 산허리를 굽이쳐 오르는 긴 도로를 통해 쓸쓸하고도 끝없는 하나의 행렬이, 이주하기 위해 보류의 골짜기를 만날 장소로 한 모든 알자스 사람들이 엄숙하게 자기를 향해 걸어오는 것을 재판관은 보게 되는 것이다.

그 행렬의 선두에는 네 필의 소가 끄는 긴 수레들, 추수 때면 곡식단을 넘치도록 싣고 있던 살문이 달린 수레들이 지금은 가재며 의복 그리고 연장들을 싣고 있었다. 큰 침대, 높은 장롱, 인도 사라사의 장식품, 빵 반죽통, 물레, 작은 어린애용 의자, 선조 대대로 내려오는 안락의자 따위를 집안 구석구석에서 끄집어내어 싣고는 불어오는 바람에 그 성스러운 먼지를 날리며 나가는 수레들이었다. 집더미가 그대로 온통 이 차에 실려 나가는 것이었다. 그래서 수레들은 고통스러운 듯 신음소리를 내며 나갔고, 수레를 끄는 소들은 마치 수레바퀴가 땅에 들러붙어 있고, 쇠스랑, 쟁기, 곡괭이, 갈퀴들에 붙은 마른 흙덩이들이 그 짐들을 더욱 무겁게 만들어 이 출발이 흡사 나무를 뿌리째 뽑는 것 같은 인상이었다.

그 뒤로는 남녀노소 할 것 없이 군중들이 조용히 밀려오고 있었다. 삼각모를 쓰고 비틀거리면서 지팡이에 몸을 의지하고 있는 키 큰 노인들로부터 무명바지에 멜빵을 한 곱슬머리의 금발 소녀에 이르기까지, 중풍 걸린 할머니를 당당하게 어깨에 멘 사내아이들로부터 어머니들이 가슴에 껴안은 젖먹이에 이르기까지, 건강한 사람이나 병든 사람이나, 내년이면 세상을 떠날 사람이나 무서운 전쟁을 겪은 사람이나 목발로 걷고 있는 외발의 흉갑기병(胸甲騎兵)이나 떨어진 누더기 군복에 스판도 요새의 곰팡이를 묻힌 채 피로에 지친 창백한 얼굴의 포병이나, 누구나 할 것 없이 다 함께 콜마르의 판사가 앉아 있는 가도를 당당하게 지나가는 것이었다. 그리고 판사 앞을 지날 때면 분노와 혐오의 무서운 표정으로 외면하였다. 아아! 불행한 돌렝제! 그는 몸을 숨기고 싶었고, 달아나고 싶었지만 어찌 할 수가 없었다. 팔걸이의자는 그의 살에 요지부동으로 박혀 있었고, 가죽방석은 의자에 붙어 있었으며, 자신은 가죽방석에 들러붙어 꼼짝할 수가 없었다. 그러자 그는 자기가 죄인 공시대(公示臺)에 놓였다는 것, 그리고 그의 수치를 만민이 보도록 이처럼 높은 곳에 그 공시대가 놓였다는 사실을 깨달았다.

이 마을 저 마을의 행렬은 계속되었다. 스위스 국경 주민들은 수많은 가축떼를 몰고, 자르 주민들은 광석 싣는 수레에 무거운 쇠연장을 실어 끌고 있었다. 다음에는 도시 주민들이 오고 있었다. 제사공장의 직공들, 가죽장사, 직조직공, 정경공(整經工), 중산계급 사람들, 유태교 목사들, 재판관들, 검은 가운, 붉은 가운…….

이것이 바로 노인 재판장을 선두로 한 콜마르 재판소 사람들이었다. 어쩔 수 없는 수치심에 돌렝제는 얼굴을 가리려 했으나 손이 움직이지 않았다. 눈을 감으려 했으나 눈꺼풀이 굳어져 움직이지 않았다. 동료들이 지나가면서 보내는 경멸의 눈길을 그는 하나도 놓칠 수가 없었다.

공시대에 오른 이 재판관, 그것은 정말로 무서운 일이었다. 그보다 더욱 무서운 일은 그의 가족이 전부 그 무리 속에 있으면서 그를 알아보는 기미가 없다는 것이었다. 그의 아내와 아이들은 고개를 숙인 채 그의 앞을 지나갔다. 그들도 수치스러운 모양이었다. 그가 그처럼 애지중지했던 작은 미셀까지 그를 돌아보지 않은 채 가버리는 것이었다. 단지 노재판장만이 잠시 멈추어 서서 낮은 목소리로 말했다.

「같이 갑시다, 돌렝제. 거기 그렇게 있지 말고…… 자.」

그러나 돌렝제는 움직일 수가 없었다. 그는 몸부림치며 소리쳐 불렀다.

행렬은 몇 시간이나 지속되었다. 해가 지고 행렬이 멀리 사라지자 여기저기 종각과 공장으로 가득 찬 아름다운 이 골짜기는 고요해졌다. 알자스 전체가 떠나 버린 것이다. 이제는 종신면관(終身免官)이 될 수 없는 공시대에 못 박힌 단 한 사람의 콜마르 재판관만이 그곳에 남아 있을 뿐이었다.

갑자기 장면이 바뀌면서 주목(朱木), 검은 십자가, 차례로 늘어선 무덤, 그리고 상제의 무리들이 나타났다.

그것은 성대한 장례식이 거행되는 어느 날의 콜마르 묘지였다. 마을의 모든 종이 울리고 있었다. 공소원 판사인 돌렝제가 이 세상을 하직한 것이었다. 명예가 못다한 것을 죽음이 대신하였다. 죽음은 가죽방석에서 앉아 있기를 고집하던 종신 법관을 떼어내고 길게 눕힌 것이다.

자기가 죽은 후 스스로 자신을 위해 우는 꿈보다 더 무서운 것은 없다. 가슴이 터지는 듯한 아픔을 느끼면서 돌렝제는 자신의 장례식에 참석했다. 그러나 죽음보다 그를 더욱 절망하게 만든 것은 주위에 모여든 수많은 군중 속에 친구나 친척은 한 사람도 찾아볼 수 없다는 것이었다. 콜마르 사람은 아무도 없었다. 단지 프러시아 사람들만 있을 뿐이었다. 상여를 호위하는 것은 프러시아 병사들이었고, 상주도 프러시아 법관, 묘 앞에서 하는 연설도 프러시아 연설이었으며, 그의 몸 위에 덮이는 유달리 차가운 흙도…… 아아! 프러시아 흙이었다.

갑자기 군중들이 공손하게 길을 비켰다. 위풍당당한 백흉갑기병(白胸甲騎兵)이 가까이 다가왔다. 그의 외투 밑에는 큰 패각국(貝殼菊)의 꽃다발 같은 것이 감추어져 있었다. 주위 사람들은 「비스마르크다! 비스마르크다!」 하고 외쳤다.

콜마르 재판관은 쓸쓸한 마음으로 이렇게 생각하고 있었다.

'백작님, 이건 너무나 분에 넘치는 영광입니다. 그러나 그 작은 미셸이 여기 있다면……'

와, 하는 웃음소리가 그의 이 생각을 흐트러 놓았다. 미친 듯한 웃음, 파렴치하고 난폭하기 짝이 없는 그칠 줄 모르는 웃음이었다.

재판관은 놀라서 '이 사람들이 어찌 된 영문인가?' 하고 생각했다. 그는 일어나 사방을 둘러보았다. 방금 비스마르크가 정중하게 그의 묘 앞에 놓은 것은 그가 애용하던 방석, 바로 그 모조 가죽방석이었다. 그리고 그 방석 둘레에는 이런 비명(碑銘)이 적혀 있었다.

명예로운 종신 재판관
돌렝제 판사에게 바치노라.
추모와 애도의 뜻을 표하여.

묘지의 끝에서 끝까지 모든 사람이 배를 뒤틀며 웃고 있었다. 그리고 이 무례한 프러시아인들의 웃음소리가 무덤 속까지 울려 퍼져 그 안에 죽은 자는 수치감에 울고 있었다. 영겁으로 계속되는 조소에 짓눌려서……

소년 첩자

그는 스텐, 꼬마 스텐이라고 불렸다. 허약하고 얼굴이 창백한 파리의 아이로, 나이는 열 살쯤 되었을까. 어쩌면 열다섯 살일지도 모른다. 이런 애들의 나이는 도무지 종잡을 수가 없다.

그 애의 어머니는 이미 세상을 떠났다. 예전에 해군 병사였던 아버지 페르 스텐은, 탕플 구의 거리에 있는 공원의 공원지기였다.

하녀들, 접는 의자를 지참한 할머니들, 그리고 가난한 집안의 어머니들——보도에 둘러져 있는 이 꽃밭으로 거리의 마차를 피하고자 찾아드는 온 파리 안의 종종걸음 사람들(번잡한 파리 시내를 위태위태하게 거니는 부녀자나 노인들을 통틀어 일컬음)——은 누구나 페르 스텐을 알고 있었고, 또 그를 사랑하고 있었다. 개들과 불량배들에게는 공포의 대상인, 그의 엄숙해 보이는 콧수염 밑에는 인정에 약하여 거의 어머니들에게서 볼 수 있는 부드러운 미소가 숨어 있다는 사실과, 그 미소를 보기 위해서는 이 노인에게 그저 「아드님은 잘 있나요?」 하고 말하면 된다는 것을 그들은 너무나 잘 알고 있었다.

  그는 아들을 매우 사랑하였다. 페르 스텐! 저녁 나절에 학교가 파하여 아들이 그를 맞으러 와서, 그가 단골에게 인사를 하느라고 또는 그들의 인사치레에 답하느라고 벤치 하나하나에서 걸음을 멈추곤 하며 가로수 밑을 둘이 나란히 한 바퀴 돌 때, 그는 정말이지 행복하기 그지없었다.
  그러나 불행히도, 포위(보불 전쟁 때 프러시아 군에 의한 파리 포위) 때문에 모든 사정은 변해 버렸다. 페르 스텐의 거리 공원은 폐쇄되어 석유 저장소가 되었다. 이 가련한 사나이에게는 전혀 쉴 틈도 없는 감시역이 억지로 떠맡겨져, 아들과는 밤늦게 집에 돌아가서나 같이 지낼 수 있을 뿐, 혼자 담배도 피울 수 없이, 큰 혼란의 인기척 없는 수림 속에서 쓸쓸히 지내지 않으면 안 되었다. 그러니 그가 프러시아놈들 이야기를 할 때의 그 수염 모양이라니…….
  꼬마 스텐은 이 같은 새로운 생활에 대해서 그다지 불평하지 않았다. 포위! 개구쟁이에게는 이 얼마나 신나는 사건인가. 학교도 없어졌다! 상호학교(相互學校 : 우수한 아이에게 다른 아이를 지도하게 하는 교육법을 채용하고 있는 학교)도 없어졌다! 날마다 휴일이어서, 거리는 마치 시장처럼 북적거렸다.

꼬마 스텐은 저녁때까지 바깥을 뛰어다니며 지냈다. 주둔한 각 대대가 진지로 갈 때도 따라갔다. 그 중에서도 좋은 군악대가 있는 부대를 특별히 골라 갔으니, 그 방면에 꼬마 스텐은 매우 정통했다. 제96대대의 악대는 별로이나 제55대대에는 훌륭한 악대가 있다고 그는 자신 있게 단언할 수 있었다.

그렇게 따라가지 않을 때에는, 유동청년대(遊動靑年隊)의 병사들의 훈련을 구경했다. 또 배급을 타러 가기도 했다. 그는 바구니를 들고, 가스등도 켜지지 않은 겨울날 아침의 어슴새벽 속에, 푸줏간이나 빵가게의 문 앞에 늘어선 긴 행렬에 끼어들었다.

그 행렬의 소용돌이 속에 서서, 사람들은 서로 낯이 익으면 정치 이야기를 했다. 그러면서, 무슈 스텐의 아들이라 하여 누구나가 그에게 의견을 묻곤 했다.

그러나 그 같은 모든 일 중에서도 가장 재미있었던 것은 역시 코르크 넘어뜨리기 게임이었다. 브레타뉴의 유동청년대 병사들이 포위전중에 유행시킨, 그 유명한 '갈로슈'의 게임이었다. 꼬마 스텐이 진지에도 빵가게에도 없을 때는, 샤토나 광장의 '갈로슈' 게임장에서 그를 찾을 수 있었다.

물론, 그는 게임에 참가하지는 않았다. 너무나 많은 돈이 들었기 때문에 눈요기로 만족할 수밖에 없었다.

그 중에 생도 한 사람——언제나 5프랑의 금화가 아니고는 내깃돈을 걸지 않는 푸른 바지 차림의 키다리 소년——이 몹시도 그를 감탄

케 하였다. 그가 달릴 때는 바지 속에서 돈이 짤랑거리는 소리가 들리곤 했던 것이다.

어느 날, 꼬마 스텐의 발 밑에 굴러 온 금화를 주워들며, 그 키다리가 나직한 소리로 말했다.

「부러우니, 너? 그럼 말이다…… 만약에 알고 싶거든, 이런 것을 어디 가면 벌 수 있는지 가르쳐주마.」

게임이 끝났을 때, 녀석은 소년을 광장 한구석으로 데리고 가더니, 자기와 같이 프러시아 군인들에게 신문을 팔러 가자고 했다. 갈 때마다 30프랑을 번다는 것이다. 처음에 스텐은 몹시 분개하며 거절했다. 그리고 갑자기 사흘 동안이나 게임장에 나타나지 않았다. 그 동안, 그는 밤이면 코르크의 더미가 침대의 발치에 늘어서고 5프랑짜리 금화가 번쩍번쩍 빛나며 마루 위에 줄짓고 있는 꿈을 꾸었다.

유혹은 너무나 강했다. 사흘째 되는 날 그는 샤토나에 갔다. 키다리를 만나, 질질 끌려 들어가 유혹의 늪에 빠져들고 말았다…….

눈 내리는 어느 날 아침, 그들은 헝겊 자루를 어깨에 메고 신문을 옷 속에 숨긴 차림으로 떠났다. 플랑드르의 성문에 이르렀을 때, 겨우 날이 새었다. 키다리는 스텐의 손을 끌고 코가 빨간 둔전(屯田) 포병의 감시병에게 다가서더니 애처로운 목소리로 말했다.

「통과시켜 주세요, 무슈. 어머니가 몹시 아프세요. 아버지는 돌아가셨고요. 감자를 캐어 올 수 있을까 해서 동생과 같이 밭을 보러 가는 길이에요.」

그는 정말 울고 있었다. 스텐은 참을 수 없이 부끄러워서 고개를 숙이고 있었다. 감시병은 잠시 그들을 살펴보더니, 인적 없는 흰 길로 눈길을 보냈다.

「어서 통과해.」곁을 떠나며 그가 말했다. 그리하여 지금, 그들은 오버빌리로 가는 중이다. 키다리는 웃고 있었다. 꼬마 스텐은 마치 꿈이라도 꾸고 있는 양 걷잡을 수 없는 심정으로 군대의 막사로 변해 버린 공장을 바라보았다. 젖은 넝마 헝겊으로 채운 방어벽을 보았고, 안개 속을 뚫고 하늘로 솟아 있는, 연기가 나지 않는 금투성이의 높다란 굴뚝을 바라보았다.

여기저기에 보초가 서 있고, 외투에 달린 아망위(외투나 비옷의 깃에 달려 머리에 뒤집어쓰게 되어 있는 두건)를 쓴 채 쌍안경으로 저쪽을 관찰하고 있는 장교들이 눈에 띄었다. 그리고 꺼져 가는 불더미 앞에 눈이 녹아서 젖은 조그만 천막이 보였다.

키다리 녀석은 길을 알고 있었다. 초소를 피하느라고 밭을 가로질러 가는 것이었다. 그렇긴 했지만, 그 한 곳만은 피할 수가 없어 의용군의 큰 초소와 맞부딪쳤다. 의용군들은 아망위가 붙은 우장 차림으로 스와송행 철도 선로 연변의 물이 가득 괸 논 속에 움츠리고 있었다. 키다리 소년은 다시 또 자신의 조작된 신상 사정을 늘어놓았으나, 이번만은 통하지 않았다. 그들은 두 소년의 통과를 허용하려 하지 않았다. 그가 한참 설득하고 있을 때, 건널목의 집에서 백발 머리에 주름투성이의 나이 든 중사가 나왔다. 페르 스텐을 닮은 얼굴이었다.

「자, 얘들아. 울지 않기다!」

그는 소년들에게 말했다. 감자 있는 데로 보내 주마. 그 전에 조금 몸을 녹이러 들어오려무나. ……이 앤 꼭 얼어붙은 꼴이군!」

아아! 꼬마 스텐이 떨고 있는 것은 추위 때문이 아니었다. 부끄러 웠기 때문이었다.

초소 안에서 그들은 서너 명의 병사들이 초라한 불──정말이지 한 심스런 불더미──앞에서 상체를 구부리고 언 비스킷을 총검 끝에 끼워 불에 굽고 있는 모습을 보았다. 그들은 소년들에게 자리를 마련 해 주느라고 서로 사이를 좁혔다. 그리고는, 그들에게 약간의 커피를 나누어 주었다.

이들이 그것을 마시고 있는 동안, 장교 하나가 문간에 와서 중사에 게 나직이 소곤거리고는 가버렸다.

「이 녀석들아! 오늘 밤엔 신나는 일이 있겠다. 프러시아놈들의 암 호가 입수되었거든. 이번에야말로 다시 빼앗고 말아야지. 저 빌어먹 을 부르제를 말이다!」

중사는 얼굴에 흥분한 기색을 보이며 돌아왔다.

브라보를 외치는 큰 웃음이 일제히 터졌다. 병사들은 깡총거리며 노래하고 총검을 닦고 했다. 그 북새통에 소년들은 모습을 감추어 버 렸다.

참호를 넘어서니 들판뿐이고, 앞에는 총을 쏘는 구멍이 나 있는 흰 벽이 가로막고 있었다.

소년들은 바로 이 성벽을 향해 가고 있었으므로, 감자를 줍는 시늉을 하느라고 한 걸음 걷고는 걸음을 멈추고 다시 걷곤 하며 나아갔다.

「돌아가자, 야⋯⋯. 가지 말자구.」

꼬마 스텐은 줄곧 이렇게 말하고 있었다. 그러나 키다리 녀석은 불쾌한 듯이 어깨를 곧추세우며 앞으로 나아갔다.

갑자기 그들은 총을 겨누는 소리를 들었다.「엎드려!」하고 키다리는 땅바닥에 납짝 엎드리며 소리쳤다. 녀석은 엎드리며 휘파람을 불었다. 그러자 다른 휘파람 소리가 눈 위로 응답해 왔다.

그들은 기어서 전진했다. 벽 앞에 이르자, 지면 높이에 땟국이 흐르는 베레 모자 아래로 싯누런 수염의 두 얼굴이 보였다. 키다리는 참호 속의 프러시아 병사 옆으로 뛰어내렸다.

「내 동생이에요.」

그는 데리고 온 일행을 가리키며 말했다.

꼬마 스텐이 너무 작아서, 프러시아 병사들은 그를 보자 웃음보를 터뜨렸다. 그리고는 그를 벽의 트여진 구멍에 닿게 하느라고 안아 주었다.

담 너머에는 흙이 수북하게 쌓여 있었으며 나무가 쓰러져 있었고, 눈 속에 검은 구덩이가 파여 있었다. 그 구덩이 하나하나에 똑같이 때에 찌든 베레 모자와 싯누런 수염의 사나이들이 지나가는 아이들을 바라보며 히히거리고 있었다.

한구석에는 나무 기둥을 베어 토치카를 만들어 놓은 정원사의 집이 있었다. 아래층에는 병사들이 득실거리며 트럼프 놀이를 하거나 시뻘겋게 타는 불로 수프를 끓였다. 양배추와 돼지기름의 구수한 냄새가 코를 자극했다. 아군 의용병들의 야영 생활과는 얼마나 다른가!

위층에서는 장교들이 피아노를 치고 샴페인을 터트렸다. 파리지앵이 들어섰을 때, 그들은 만세 소리로 소년들을 맞이해 주었다. 소년들은 가지고 간 신문을 건네주었다. 그들은 포도주를 따라 주며 소년들의 입을 열게 하려고 했다.

장교들은 모두 으쓱거리며 심술사나워 보이는 표정들이었으나, 키다리 소년은 변두리 출신의 파리지앵다운 기묘한 화술과 건달패 같은 말투로 그들의 흥을 돋우었다.

장교들은 웃었고, 그의 말을 거듭 흉내냈다. 진흙 속에 묻혀 있는 파리의 참담한 실상을 전해 주는 소년의 정보 앞에, 그들은 신명이 나서 희희덕거렸다.

꼬마 스텐도 말을 하고 싶었다. 자신도 바보가 아님을 증명하고 싶은 생각은 굴뚝 같았으나 어쩐지 창피했다.

그의 정면에서는 다른 장교들보다 나이도 들고 점잖아 보이는 프러시아 장교 하나가 신문을 읽고 있었다. 아니, 읽는 체하고 있었다. 왜냐하면 그의 눈은 끊임없이 꼬마 스텐의 눈을 떠나지 않고 있었기 때문이다.

그의 눈초리에는 온정과 비난이 아울러 번뜩이고 있었다. 마치, 그에게도 고국에는 스텐과 같은 나이 또래의 아들이 있기에 이토록 마음 깊이 생각하고 있다는 표정이었다. '내 자식이 저런 짓을 하는 꼴을 볼 바에야 차라리 죽어 버리는 게 낫겠다…….'

이때부터 꼬마 스텐은 자신의 심장 위에 한 손이 얹혀져서 그 고통을 방해하는 듯한 느낌을 금할 수가 없었다. 그 같은 괴로움에서 벗어나고자 그는 마시기 시작했다.

이윽고 그의 주위가 빙글빙글 돌기 시작했다. 떠들썩한 웃음소리에 둘러싸여서, 그의 친구 키다리 녀석이 국민군 또는 그 훈련 상황을 조소하고, 마루에서 실시된 무장 집합이니, 어느 날 밤에 있었던 진지에서의 비상소집을 흉내내며 떠벌리는 소리를 멍청하게 듣고 있었다.

키다리 소년은 이윽고 목소리를 낮추었다. 장교들은 서로 가까이 다가서서 전보다도 더욱 진지한 표정들이 되었다. 이 가증스러운 파렴치범은 우리 의용병들이 공격하려 한다는 형세를 그들에게 예고하고 있는 것이다.

이번에야말로, 꼬마 스텐은 취기가 싹 가시며 분해서 일어섰다.

「그런 말은 말아, 형……. 난 싫단 말이야.」

그러나 키다리는 웃기만 할 뿐, 더욱 신이 나서 지껄였다. 그가 미처 말끝을 맺기도 전에, 장교들은 일제히 일어섰다. 그 중의 한 장교는 소년들에게 문을 가리키며 쏘아붙였다.

「이 새끼들, 어서 꺼져라!」

그리고는 그들끼리 재빠른 독일어로 뭐라고 지껄여댔다. 키다리 소년은 그들로부터 받은 돈을 짤랑거리며, 마치 대통령이라도 되는 양 의기 양양해져서 그곳을 빠져나왔다.

꼬마 스텐은 고개를 푹 떨구고 그의 뒤를 따랐다. 그러면서, 그 눈초리로 몹시도 고민해야 했던 프러시아 장교의 곁을 지날 때, 그는 그 나이 든 장교가 측은해 하는 음성으로 이렇게 외마디 소리로 중얼거리는 소리를 들었다.

「좋지 않은 일이야. 그건…… 나쁜 짓이야.」

이 말을 들은 꼬마 스텐의 눈에는 눈물이 글썽거렸다.

다시 벌판으로 나오자, 소년들은 미친 듯이 달려 돌아왔다. 그들의 헝겊 자루에는 프러시아 군으로부터 받은 감자가 가득 차 있었다.

이럭저럭 소년들은 아무런 말썽 없이 의용병의 참호를 통과할 수 있었다. 의용병들은 그날 밤에 있을 공격 준비를 하고 있었다.

병사들은 살금살금 소리 없이 도착하여 방비벽 뒤에 밀집했다. 늙은 중사는 마냥 행복하다는 표정으로 신이 나서 부하 병사들을 배치하고 있었다. 두 소년이 지나갈 때, 그는 그들의 얼굴을 상기하고 부드러운 미소를 던져 주었다.

오오! 그 미소가 얼마나 꼬마 스텐의 마음을 괴롭혔는지! 순간적으

로 그는 이렇게 외치고 싶었다. '거기 가지 마세요……. 우린 아저씨들을 배반한 거예요.'

하지만 키다리 녀석이 말했었다.

「만약에 네가 지껄이면, 우린 둘 다 총살당하는 거야.」

그래서 공포감이 그를 말린 것이다.

쿠르누브에 이르자, 그들은 돈을 분배하기 위해 주인이 피난해버린 어느 빈 집으로 들어갔다. 기실, 작가가 이 사실을 부득불 말하지 않을 수 없는 까닭은, 분배는 정직하게 집행되었다는 데 있다. 여하튼, 아름다운 금화가 윗옷 호주머니 속에서 짤랑짤랑하는 소리를 듣고, 인제 곧 코르크 넘어뜨리기 게임에 끼어들어 신나게 돈을 걸 생각을 할 때, 꼬마 스텐은 이미 자신의 죄를 전처럼 무서워하지는 않게 된 것이다.

하지만 가련한 소년은 성문을 지나 키다리와 헤어져 혼자가 되자 이미 그의 호주머니는 그렇게 묵직하게 느껴지지 않았다. 그의 가슴을 죄어대고 있었던 손은 지금까지보다 더욱 세게 죄고 있었다.

파리는 이제 그에게 전같이 보이지 않았다. 지나다니는 사람들은 그가 어디 갔다왔는지 알고 있다는 양 준엄한 눈초리로 그를 눈여겨보고 있었다. 첩자라는 말을, 그는 수레바퀴의 삐걱거리는 소리와 개천 기슭에서 역습중인 고수들의 북치는 소리 속에서도 듣고 있었다.

소년은 이윽고 집에 들어왔다. 아버지는 아직 돌아오시지 않았다. 그것이 기뻐, 꼬마 스텐은 고스란히 행복감에 젖었다. 그는 우선 그토록 무겁게 느껴지던 돈을 베개 밑에 숨기기 위해 부랴부랴 자기 방으로 올라갔다.

그날 밤, 페르 스텐은 매우 기분이 좋아서 귀가했다. 일찍이 그가 그렇게도 다정하고 그렇게도 기뻐한 일이 없을 정도였다. 그도 그럴 것이 국내 사정이 전보다 나아졌다는 정보가 지방에서 입수된 것이다.

식사 도중, 병사 출신인 그는 벽에 걸려 있는 소총을 눈여겨보고 있었다. 그리고는 부드러운 미소를 지으며 아들에게 말했다.

「얘, 이녀석아, 네가 좀더 컸던들, 프러시아 놈들을 멋지게 무찌르러 갔을 텐데!」

여덟시경에 대포 소리가 들려왔다.

「오버빌리에로구나…… 부르제에서 전투가 벌어지고 있는 거야.」

그 진지한 모든 상황을 알고 있는 노인이 말했다.

꼬마 스텐은 얼굴이 창백해졌다. 몹시 피곤하다는 핑계를 대고 잠자리로 갔으나 잠을 이룰 수가 없었다. 그는 의용병들이 야습을 벌이자마자 도리어 적의 복병들 손에 무찌름을 당할 양상을 상상하고 있었다. 그를 향해 미소지어 보이던 중사의 모습이 생각났다. 그 고장의 눈 속에 쓰러져 있는 모습이 눈에 선했다. 그리고 그와 더불어 얼마나 많은 병사들이…….

그 병사들이 흘린 피값은 그의 베개 밑에 숨겨져 있는 것이다. 그것은 그 사람, 무슈 스텐의 아들, 병사의 아들이 범한 일이다.

눈물 때문에 숨쉬기가 곤란할 정도였다. 옆 방에서는 아버지가 서성거리는 소리가 들렸다. 창을 여는 소리가 들렸다. 저 아래 광장에서는 집합 나팔 소리가 울리고 있었다. 유동청년대의 한 대대 병사들이 번호를 붙이고 있었다. 정말이지, 진짜 전투가 벌어진 것이다.

불쌍한 그는 끝내 참을 수가 없어서 그만 울음을 터뜨리고 말았다.

「무슨 일이냐?」

페르 스텐은 들어서자마자 물었다. 아들은 침대에서 뛰어내리자, 아버지의 발 밑으로 가서 몸을 내던졌다. 그가 몸을 움직였기 때문에 돈은 방바닥에 떨어져 뒹굴었다.

「이게 웬 돈이냐? 훔쳤구나!」

노인은 몸을 떨면서 소리쳤다. 드디어, 꼬마 스텐은 단숨에 자신이 프러시아군을 찾아갔던 일과 그곳에서 한 일을 실토했다.

그렇게 지껄이는 동안에, 그는 마음이 가벼워짐을 느꼈다. 고백함에 따라 마음이 편해진 것이다…….

페르 스텐은 엄격한 얼굴로 듣고 있었다. 아들은 말을 끝내자, 두 손으로 얼굴을 가리고 울어 버렸다.

「아버지, 아버지…….」

아들은 불렀다. 그러나 아버지는 대답하지 않고 아들을 떠다밀고는 돈을 주웠다.

「이게 다냐?」

그는 물었다. 꼬마 스텐은 그렇다고 고개를 끄덕였다. 노인은 소총과 탄약함을 벽에서 떼더니, 돈을 호주머니에 집어넣으며 말했다.

「좋아, 이것을 돌려주러 갔다오마.」

그리고는 단 한마디도 덧붙이지 않고, 머리를 돌려 뒤돌아보지도 않은 채 밤의 어둠 속에서 출발하고 있는 유동청년대의 대열에 끼어 들기 위해 내려갔다.

그 뒤로, 다시는 그를 볼 수가 없었다.

거울

　북녘 나라 니에망의 강변에 크레올(식민지 중에서도 주로 서인도 제도 태생인 흰 살결의 인종)의 소녀 하나가 표류해 왔다. 나이는 열다섯 살, 흰눈빛 살결에 장밋빛 볼. 마치 아망디에(편도)꽃처럼 아름다웠다. 그녀는 콜리부리(벌새)가 사는 나라로부터 사랑의 바람에 이끌려 온 것이다.

　그녀가 살고 있던 섬 사람들은 한사코 그녀를 말렸다.

　「가지 말아라. 대륙은 아직 춥단다. 겨울이 되면 너 같은 애는 금방 얼어 죽을 거다.」

　그러나 크레올의 소녀는 겨울 같은 것이 있다고는 믿지 않았다. 더군다나 춥다는 느낌은 그저 소르베(얼음과자, 이를테면 아이스크림)를 먹을 때 느끼는 추위 정도려니 생각하는 게 고작이었다. 게다가 그녀는 사랑을 하고 있었기 때문에 죽음 따위는 조금도 두렵지 않았다. 그래서 그녀는, 아득히 먼 이곳 니에망 강변의 안개 속에 배를 버렸다. 부채니, 해먹이니, 모기장이니, 많은 섬의 새들을 넣은 금칠한 새장과 함께.

　나이 든 북녘 아저씨는 그 벗인 남녘이 빛으로 싸서 그에게 보내준 이 고장 섬에 핀 이 꽃을 보고는 마음이 움직였다. 그는 추위 녀석이 이 아가씨와 그녀의 벌새를 냉큼 한 입에 삼켜 버릴 것이라는 생각이 들었으므로, 재빨리 그의 커다란 황금빛 태양의 불을 켜고 자신도 그녀를 맞이하기 위하여 여름차림을 했다.

　이 바람에 크레올의 소녀는 큰 착각을 하고 말았다. 그녀는 이 혹독하도록 답답하고 거친 북녘의 더위가 일 년 내내 계속되는 더위인 줄 알았으며, 거무스레한 상록수를 봄철의 푸르름으로 믿어 버리고는 그녀의 해먹을 마당 구석에 있는 두 그루의 전나무 사이에 매어 놓고 온 종일 부채질을 하고 흔들거리면서 지냈다.

　「북극 나라도 매우 덥군」하고 그녀는 생글거렸다. 그러면서도 마음에 걸리는 일이 없는 것은 아니었다. 이 기묘한 나라에서는 왜 집에 베란다가 없는 것일까? 이토록 두꺼운 벽이니 융단이니 무거운 커튼은 무엇 때문일까? 옹기로 만들어진 큰 화덕, 마당에 쌓인 장작더미, 게다가 장롱 속 밑바닥에 잠들어 있는 그 파란 여우 가죽, 겹으로 된 외투, 털가죽으로 지어진 옷. 그런 것들은 도대체 어디에 쓰여지는 것일까……

가엾게도 소녀는 얼마 가지 않아 그것을 알게 되었다. 어느 날 아침, 크레올의 소녀는 눈을 뜨자마자 심한 한기를 느꼈다. 태양은 모습을 감추어 버렸고, 밤중에 지면으로 내려앉은 것으로 보이는 나직하고 시꺼먼 하늘에서는 마치 솜나무 꽃처럼 새하얗고 우단 같은 것이 조그만 덩어리가 되어 소리 없이 조각조각 내리는 것이다.

겨울이다, 겨울이 온 것이다! 바람은 씽씽거리고, 화덕은 코고는 소리를 냈다. 금칠한 커다란 새장에서 벌새들은 우짖지 않았고 흰빛과 장밋빛과 루비빛과 벽해(碧海)빛을 이룬 조그만 날개는 조금도 움직이지 않았다. 가느다랗고 조그만 부리와 바늘귀 같은 눈을 가진 그들이 추위로 마비되어 동그랗게 움츠린 몸을 서로 맞대고 있는 모습은 말할 수 없이 불쌍해 보였다.

정원의 구석에는 해먹이 서리를 맞아 떨고 있었고, 전나무 가지는 마치 유리의 끈을 내려뜨리고 있는 듯했다.

크레올의 소녀는 너무도 추웠다. 그녀는 밖으로 나가려 하지 않았다. 그녀 자신도 그 새들처럼 불 곁에 동그랗게 움츠리고 앉아서, 밤낮없이 불길을 들여다보고 지내며, 추억의 태양을 제 눈앞에 그려내고 있었다. 빛을 내며 활활 불이 타고 있는 커다란 화덕 속에서 그녀는 고향의 갖가지 정경을 보았다.

흑사탕이 녹아 흐르고, 옥수수알이 황금빛 먼지 속에 떠 있고, 햇빛이 가득 내리쬐는 넓은 부두, 거기에 오후의 낮잠, 엷은 빛깔의 커튼, 짚으로 된 돗자리, 나아가서는 별빛 총총한 초저녁 나절, 반딧불의

떼, 꽃들 사이와 모기장의 그물코 사이에 떼지어 몰려들어 윙윙거리는 숱한 날개들.

그녀가 이렇게 불길 앞에서 몽상에 빠져있는 동안에, 겨울 해는 더더욱 짧아지고 더더욱 어둡게 겹쳐 갔다.

매일 아침마다, 벌새들은 한 마리씩 새장 속 주검이 되어 누워 있었다. 마침내는 단 두 마리만 남았다. 초록빛 날개를 치켜올린 두 덩이가 한구석에 마주앉아 있을 뿐이었다.

그날 아침, 크레올의 소녀는 일어날 수가 없었다. 마치 북녘 바다의 얼음 속에 갇힌 마온(지중해에 있는 섬의 항구이름) 돛단배처럼, 추위가 그녀의 목을 죄어 자유를 빼앗고 만 것이다. 둘레는 어둡고 방 안에는 슬픔이 흐르고 있었다. 성에는 유리창에 비단결 같은 두꺼운 커튼을 쳐 놓고 있었다. 도시는 죽은 것 같았다. 소리도 나지 않는 거리에서는, 증기를 내뿜는 제설차가 슬픈 소리를 내며 움직이고 있었다.

크레올의 소녀는 잠자리 속에서 심심풀이로 부채의 금박을 반짝거려 보기도 했고, 고향 섬나라 새의 커다란 날개로 테두리를 장식한 자기 나라의 거울에 모습을 비추어 보기도 하면서 하루하루를 보내고 있었다.

점점 더 짧게 점점 더 어둡게, 겨울해는 겹쳐 갔다. 레이스의 침대 커튼 안에서 크레올의 소녀는 창백한 모습으로 극도의 비탄에 잠겨 있었다. 무엇보다도 그녀를 슬프게 한 것은, 그 침대에서 화덕의 불을 볼 수 없는 일이었다. 그녀는 또 한 번 제 고향을 잃어버린 듯한 생각이 들었다.

가끔 그녀는 물었다.

「방 안에 불이 있나요?」

「그럼, 있고 말고. 얘야, 화덕은 시뻘겋게 타고 있단다. 장작이 소리를 내며 타고 있고, 솔방울 튀는 소리가 들리지 않니?」

「어머, 그래요!」

그녀는 몸을 굽혀서 화덕을 들여다보려 했으나 허사였다. 불이 너무나 멀어 그녀는 볼 수가 없다. 그녀는 실망에 빠졌다.

그러던 어느 날, 근심에 잠겨 창백하기만 한 그녀가 머리를 베개 밖으로 내밀고, 보이지도 않는 아름다운 불 있을 곳을 향해 여전히 눈길을 던지고 있을 때, 그녀의 애인이 다가와서 침대 위의 거울 하나를 집어들었다.

「당신은 불을 보고 싶어하는군요. 기다려요, 이제 보여줄게요.」

하더니, 애인은 화덕 앞에 꿇어앉아서, 환상의 불을 거울에 받아 그녀에게 비추어 주고자 했다.

「보여요?」

「아뇨, 아무것도 안 보여요.」

「이번엔?」

「아뇨! 아직도…….」

그러다가 마침내 얼굴 가득히 빛살을 받자, 크레올의 소녀는 무한

한 기쁨에 차서 외쳤다.

「오오! 보여요!」

그리고는 두 눈의 깊은 곳에 두 개의 작은 불꽃을 담은 채 함빡 웃음지었다.

소녀의 목숨은 서서히 꺼져 갔다.

별

―프로방스의 어느 목동 이야기

뤼브롱 산맥 중의 한 산에서 목동으로 있었던 시절, 나는 몇 주일이고 사람의 얼굴을 보지 못한 채, 초원의 목장 안에서 라브리라는 개와 양떼를 상대하며 머물러 있었다. 가끔 몽 드 뤼르 산의 수도사들이 약초를 찾아 지나가는가 하면, 피에몽 산에서 숯 굽는 이의 새까만 얼굴을 보는 정도였다.

그들은 혼자 외톨이로 지내던 터라 별로 말이 없었고, 사람들과 이야기하는 흥미를 잃어버려 기슭의 마을이나 고을에서 일어난 일 따위는 전혀 모르는, 말수가 극히 적은 소박한 사람들이다. 그러니 이 주일마다 이곳으로 올라오는 길 위에서, 이 주일 몫의 식량을 날라다 주는 우리 목장 노새의 방울 소리를 듣거나, 산허리에서 점점 뚜렷이 나타나는 어린 하인 아이의 쾌활한 얼굴, 또는 늙은 노라드 아주머니의 엷은 다갈색 두건을 보면 나는 무척이나 즐거워지는 것이었다.

나는 그들의 입을 통해 산기슭 마을의 소식을 들었다. 누가 세례를 받았다느니, 누가 시집 장가를 갔다느니 등등. 그 중에서도 각별히 흥미를 끈 것은, 백 리 사방에서 가장 어여쁜 우리 주인 아저씨의 따님인 스테파네트 아가씨의 소식을 듣는 일이었다.

겉으로는 그다지 흥미 있어 하지 않는 체하며, 나는 아가씨가 자주 잔칫집이나 야회에 초대받아 갔는지, 여전히 새로운 구애자들이 찾아오는지 물어 보곤 했다. 산속에서 지내는 초라한 양치기인 주제에 그런 이야기를 들어서 무슨 소용이 있느냐고 묻는다면 나는 이렇게 대답하리라. 그때 나는 스무 살이었고 스테파네트 아가씨는 그때까지 내가 본 사람 중에서 가장 아름다웠노라고.

그러던 어느 일요일, 그날도 이 주일치의 식량을 기다리고 있었는데, 그날따라 매우 늦게 도착했다. 아침 나절에는, 노래 미사 때문에 늦는 거라고 생각했고, 그런 뒤에 한낮 가까이에 심한 폭풍우가 불자, 나는 길이 나빠서 노새가 떠나지 못했으려니 생각했다.

이윽고 오후 세시쯤 해서 하늘이 말갛게 씻겨지고 산이 물기와 햇빛으로 빛날 때, 나는 나뭇잎에서 떨어지는 물방울 소리와 물이 불은 시냇물 넘치는 소리 사이에서 부활제 날의 교회당 종소리처럼 명랑하고 쾌활한 노새의 방울 소리를 들었다. 그런데 노새를 몰고 온 사람은 하인도 아니고 노라드 아주머니도 아니었다. 그것은…… 바로 아가씨였던 것이다. 오오! 버들바구니 사이에 몸을 꼿꼿이 하고 앉아서, 산속의 공기와 폭풍우 뒤의 상쾌함으로 완전히 상기되어 있는 아가씨였던 것이다.

하인은 앓아누웠고, 노라드 아주머니는 자식들 집에 가고 없다는 것이다. 어여쁜 스테파네트 아가씨는 노새 등에서 내리면서 자초지종을 알려주었다. 도중에서 길을 잃어버려서 늦어졌다는 말과 함께.

하지만 꽃무늬가 달린 리본이니 번쩍번쩍 빛나는 스커트니 레이스 등으로 몸을 치장한 아가씨를 보노라니, 산속에서 길을 잃었다기보다는 차라리 어느 무도회에서 지체했던 것처럼 보이기만 했다.

오, 귀여운 아가씨! 그녀는 아무리 보아도 싫증이 나지 않았다. 하긴 지금까지 그렇게 가까이에서 아가씨를 본 적이 없었지만.

양떼들이 평지로 내려가 있었던 겨우내, 가끔 저녁때 저녁밥을 먹으려고 집에 갈 때면, 아가씨는 하인 따위에게는 일체 말을 건네는 법 없이, 언제나 단정하고 고귀한 표정으로 사뿐사뿐 방을 지나가곤 했다. 그런데 지금 아가씨가 내 앞에 있는 것이다. 그것도 나만을 위해서 말이다. 내 어찌 황홀해지지 않을 수 있으랴?

바구니에서 식량을 모두 꺼내 놓자, 스테파네트 아가씨는 무척 신기하다는 듯이 주변을 두리번거렸다. 자칫 찢어질까 염려되는 나들이옷의 치맛자락을 살짝 올리더니, 아가씨는 양의 울 안으로 들어갔다. 양가죽을 깔아 놓은 내 짚침대와 벽에 걸려 있는 커다란 외투, 그리고 내 양몰이 지팡이와 부싯돌, 총 등을 보고 싶어했다. 이러한 것들 모두가 아가씨를 기쁘게 했다.

「그럼, 당신은 여기서 살고 있는 거예요? 가엾어라! 항상 혼자 지내니 얼마나 적적할까! 그래, 무엇을 하고 지내죠? 그리고 무엇을 생각하며 지내죠?」

나는 이렇게 대답하고 싶었다.

「당신을요, 아가씨.」

라고 말이다. 그렇게 말했던들, 결코 거짓말은 아니었을 것이다. 그러나 나는 당황해서 한 마디도 할 수가 없었다.

확실히 아가씨는 그것을 눈치챈 것 같았다. 게다가 심술궂은 아가씨는 짓궂은 농담을 하여 나를 더욱 어쩔 줄 모르게 하며 기뻐하는 것 같았다.

「목동님, 가끔 애인이 만나러 올라오나요? 틀림없이 황금빛 암염소거나 아니면 이 봉우리에서 저 봉우리로 날아다니는 에스테렐 선녀겠지요…….」

그런데 이렇게 말하는 아가씨 자신이야말로 목을 뒤로 젖히듯이 하며 웃는 그 귀여운 몸짓과 이 방문을 마치 환상처럼 생각하게 하리만큼 서둘러 돌아가려는 태도가 그야말로 에스테렐 선녀 그대로였다.

「잘 있어요, 목동님.」

「안녕히 가십시오, 아가씨.」

그렇게 빈 바구니를 가지고 아가씨는 떠나갔다. 아가씨의 모습이 비탈진 오솔길로 사라졌을 때, 나는 마치 노새의 발굽에 차여 뒹구는 돌멩이 하나하나가 심장을 두드리는 것 같은 느낌이 들었다. 해질 무렵까지 그렇게, 나는 꿈이 사라질까 두려워 꼼짝도 하지 않고 꾸벅꾸벅 졸고 있었다.

저녁 나절이 가까워져 골짜기 밑바닥이 물빛으로 물들고, 양떼들이 울어대며 서로 몸뚱이를 맞대고 떼지어 울면서 돌아가려고 할 때, 언덕의 한 모퉁이에서 나를 부르는 소리가 들리더니, 우리 아가씨의 모습이 눈앞에 나타났다. 얼마 전의 명랑하던 모습은 찾아볼 수 없고, 추위와 두려움과 습기로 인해 몸을 바들바들 떨고 있었다.

아가씨는 산기슭에서 폭풍우로 물이 불어난 소르그 내를 억지로 건너려다가 하마터면 빠져 죽을 뻔했다는 것이다. 무엇보다도 난처한 것은, 이런 늦은 시간에 집으로 돌아가기란 생각조차 할 수 없는 일이었다. 지름길을 아가씨 혼자 가는 것은 무리였고, 그렇다고 내가 양떼들을 두고 떠날 수도 없었기 때문이다.

산 위에서 밤을 보내야 한다는 생각이 몹시도 아가씨를 괴롭히고 있었다. 특히, 가족들의 근심 때문에, 나는 최선을 다해서 아가씨를 위로해 주었다.

「지금은 칠월이니 밤이 짧아요, 아가씨. 잠깐만 고생하면 되는걸요.」

나는 아가씨의 발과 소르그 냇물로 고스란히 젖어 버린 옷을 말리기 위해 부랴부랴 불을 지폈다. 그리고 양젖과 양젖으로 만든 치즈를

아가씨 앞으로 가져왔다. 그러나 가엾은 아가씨는 불을 쬐려고도, 먹으려고도 하지 않았다. 아가씨의 눈에 고인 커다란 눈물을 보자 나조차 울고 싶어졌다.

그러는 동안에 어느덧 밤이 되고 말았다. 이미 산꼭대기의 가루와 같은 햇빛과 서쪽의 수증기 같은 빛밖에 남아 있지 않았다. 나는 아가씨에게 울 안으로 들어가서 쉬라고 했다. 새로 짚을 깔고 깨끗한 털가죽을 깐 뒤, 나는 아가씨에게 안녕히 주무시라고 말했다. 그리고 나는 밖으로 나가서 문 앞에 앉았다.

하나님만이 아실 것이다. 사랑의 불길이 내 피를 불태우고 있었음에도 불구하고 나는 조금도 옳지 않은 생각을 품지 않았다. 주인어른의 따님이, 다른 어느 암양보다도 귀하고 깨끗한 어린 양처럼 울의 한구석에 잠들어 있는 모습을 신기한 듯이 지켜보고 있는 양들 곁에서 나의 보호를 받으며 잠들어 있다고 생각하니 자랑스러움 이외에는 아무런 생각도 나지 않았다. 그때처럼 하늘이 깊고 별이 찬란하게 빛나 보인 때가 없었다.

그때 갑자기 울의 빗장문이 열리더니 어여쁜 스테파네트 아가씨가 모습을 나타냈다. 아가씨는 잠을 이룰 수 없었던 것이다. 양들은 짚 위에서 몸을 움직일 때마다 부스럭거리는 소리를 냈고, 꿈을 꾸면서 메 하고 울기도 했다. 아가씨는 불가로 오는 편이 낫다고 생각한 것이다.

나는 내가 둘렀던 암염소의 털가죽을 아가씨 어깨에 걸쳐 주고 불을 더욱 활활 타오르게 했다. 우리는 아무 말도 하지 않고 서로 몸을 나란히 하고 앉아 있었다. 만약 그대가 들에서 밤을 지낸 일이 있다면, 우리가 잠들어 있는 시각에 또 하나의 신비스런 세계가 고독과 정적 속에서 눈을 뜬다는 사실을 알고 있을 것이다. 그때, 샘물은 더욱 맑은 소리를 내고, 연못은 작은 불꽃을 활활 태운다. 산들의 모든 정령들은 자유롭게 돌아다닌다. 대기 속에서는 물체가 맞닿거나 나뭇가지가 자라거나 풀이 자라거나 하는 소리인 듯한, 거의 귀에 담을 수 없는 희미한 소리가 들린다.

낮은 생물의 세계지만 밤은 무생물의 세계다. 길들어 있지 않으면 두려워진다. 그러기에 아가씨는 바들바들 몸을 떨고 있었다. 아무리 작은 소리가 나도 내게 바싹 기대곤 했다. 한 번은 아래쪽 반짝이는 못에서 긴 외마디 소리가 흔들리며 우리 쪽으로 메아리쳐왔다. 동시에 아름다운 유성 하나가 마치 우리가 방금 들은 외마디 소리가 빛 하나를 수반한 양 우리의 머리 위를 넘어 같은 방향으로 흘러갔다.

「저게 뭐죠?」

스테파네트 아가씨는 나직한 목소리로 물었다.

「천국으로 들어가는 영혼이지요.」

하며 나는 십자를 그었다. 아가씨도 십자를 그었다. 잠시 하늘을 우러러보며 매우 경건한 표정이 되었다. 그리고는 아가씨가 내게 말했다.

「그런데 목동들은 마법사라면서요?」

「천만에요. 그럴 리가 있나요. 하지만 우리는 이곳, 별이 훨씬 가까운 곳에 살고 있지요. 그러니 우리는 거기서 일어나는 일들을 평지에 사는 사람들보다 훨씬 잘 알 수 있지요.」

아가씨는 귀여운 하늘의 양치기처럼 양가죽에 몸을 감싼 채 머리를 한 손으로 받치고 여전히 하늘을 바라보고 있었다.

「참 많기도 해라! 지금까지 난 이렇게 많은 별을 본 적이 없었어요……. 그런데 별 이름을 아나요?」

「알고말고요, 아가씨. ……자, 보세요! 바로 우리들의 머리 위에 저기 별이 있지요? '성 야곱의 길(은하수)' 이라는 별이지요. 저건 프랑스에서 곧바로 스페인까지 뻗어 있어요. 갈리스의 성 야곱이 샤를마뉴 황제에게 그가 사라센 사람들과 싸울 때 길을 가르쳐 주기 위해서 그려 놓았다고 해요.

훨씬 멀리에, 네 개의 반짝반짝 빛나는 차축(車軸)이 있는 '영혼의 수레(대웅성좌)' 별이 보이지요? 그 앞을 걸어다니는 세 개의 별은 '세 마리의 말' 입니다. 세 번째 말 옆에 붙어 있는 저 조그만 별, 저것이 '짐수레꾼' 별이지요. 그 둘레에 내리고 있는 저 별의 줄기가 보이나요? 저건 하나님이 곁에 두기를 원치 않으시는 영혼들이지요……. 거기서 조금 내려오면 '쇠스랑' 이니 '세 명의 왕' 이니, '오리온 성좌' 니 하는 별이 있습니다. 저건 우리 양치기에게 시계 역할을 해주지요. 별을 바라보면 지금 한밤중이 지났다는 것을 알 수 있거든요.

거기서 조금 더 내려와서 언제나 남쪽에 횃불처럼 별이 모여 있는 '장 드 밀랑'이 빛나고 있는데요, 저 별에는 양치기들 사이에 이런 전설이 얽혀 있답니다. 어느 날 밤, '장 드 밀랑'이 '세 명의 왕'과 '병아리장'과 같이 그들의 친구인 별의 결혼식에 초청받아 갔더랍니다. 성급한 '병아리장'은 맨 먼저 달려갔대요. 위쪽의 높은 길을 갔지요. '세 명의 왕'은 더 낮은 데로 질러가서 '병아리장'을 따라갔습니다. 그러나 언제까지나 잠자고 있던 저 게으름뱅이 '장 드 밀랑'은 맨 뒤에 처져 있었지요. 그리고는 화가 나서 여느 별들을 멈추게 하느라고 지팡이를 던졌어요. 그래서 '세 명의 왕'은 '장 드 밀랑의 지팡이'라고도 불리지요.

하지만 별들 중에서도 가장 아름다운 별은 정말이지 우리들의 별이에요. 새벽녘에 우리가 양떼들을 목장으로 내보낼 때, 혹은 저녁때 우리가 양들을 울 안으로 몰아 넣을 때 우리를 비춰 주는 '양치기의 별'이지요. 우리는 이 별을 '마굴론'이라고도 일컫습니다. '피에르 드 프로방스(토성)'의 뒤를 쫓아 7년마다 그 별과 결혼하는 아름다운 '마굴론'이지요.」

「뭐라고요! 별도 결혼을 하나요?」

「그럼요, 아가씨.」

그리하여 내가 그 결혼이 어떤 것인가를 설명해 주고 있을 때, 나는 무엇인지 신선하고 상쾌한 것이 가볍게 내 어깨 위에 기대어 옴을 느꼈다. 그것은 아가씨가 졸음 때문에 무거워진 머리를 리본이니 레이

스니 파도치는 머리카락이 맞닿으며 내는 고운 소리와 더불어 나에게 기댄 것이었다.

아가씨는 동이 트는 새벽의 햇빛으로 하늘의 별빛이 스러지기까지 그냥 그대로 꼼짝 않고 있었다. 나는 마음속으로 얼마간 생각이 흐트러지면서, 그러나 아름다운 생각밖에는 결단코 할 수 없었던 한없이 맑게 개인 이 밤에 의해 성스러운 보호를 받으며, 아가씨가 잠들어 있는 모습을 지켜보고 있었다.

우리들의 주위에는 커다란 양떼와 같이 점잖은 별이 소리 없는 운행을 계속하고 있었다. 나는 가끔 그 별의 하나가 그 중에서도 가장 아름답고 가장 휘황하게 빛나는 별 하나가 길을 잃고 내 어깨 위에 잠들어 있는 것이 아닌가 하고 상상하고 있었다.

아를르의 여인

풍차방앗간에서 내려와 마을로 가려면, 한길가에 세워진 시골집 한 채를 지나가게 된다. 그것은 팽나무를 심은 넓은 안마당 안쪽에 있다. 이 집은 프로방스 지방의 소지주네 집다운 건물로 지붕은 붉은 기와이며, 다갈색의 넓은 건물 정면에는 불규칙적으로 창이 나 있다. 그 건물 꼭대기에는 풍향계가 있고, 말린 풀을 끌어올리기 위한 도르래가 있으며, 또 불쑥 뻗어 나온 다갈색 목초 두세 단이 눈에 띄었다.

이 집이 왜 나에게 충격을 주었을까? 저 닫혀진 문을 보면서 왜 내 마음이 아팠을까? 아마도 그 까닭을 말할 수는 없지만, 나는 그 집을 보면 왠지 모르게 오싹하는 느낌이 들곤 했다.

집 주위는 너무나 고요했다. 사람이 지나가도 개조차 짖지 않고, 뿔닭도 울음소리 하나 없이 달아나 버렸다. 집안도 썰렁하여 아무 소리도 들리지 않았다. 나귀의 방울 소리조차 들리지 않았다. 창문의 흰 커튼과 지붕에서 솟아오르는 연기만 없었더라면, 틀림없이 사람이 살지 않는 빈 집으로 생각될 것만 같았다.

어제 정오 때 나는 마침 마을에서 돌아오는 길이었다. 햇빛을 피하고자 나는 그 집의 울타리를 따라 팽나무 그늘 아래를 걷고 있었다. 집 앞의 길에서는 하인들이 묵묵히 마차에 목초를 싣는 일을 끝마치는 참이었다. 문이 활짝 열어 젖혀져 있어서 나는 지나는 길에 힐끗 들여다보았다.

안마당 저쪽의 커다란 돌탁자 위에 팔꿈치를 괴고 머리를 두 손으로 감싸고 있는, 머리가 하얗고 몸집이 큰 노인이 눈에 띄었다. 그는 짧은 윗옷에 너덜너덜해진 반바지를 입고 있었다.

나는 걸음을 멈추었다. 하인 하나가 매우 낮은 소리로 내게 말했다.

「쉿! 저분이 주인장인데요. ……아드님의 불행이 있은 뒤로는 언제나 저런 모습으로 계시지요.」

때마침 상복을 입은 여인과 사내아이가 금박의 두꺼운 기도서를 들고 내 옆을 지나 집 안으로 들어갔다. 하인이 덧붙여 말했다.

「……마님과 작은 아드님이지요. 미사에서 돌아오는 길이에요. 큰 아드님이 자살한 뒤로는 날마다 다니시지요. ……아아! 나리, 얼마나 낙심하셨는지 몰라요! 나리는 죽은 아드님의 옷을 지금껏 입고 계십니다. 한사코 벗으려 하지 않으시지요. 이랴 이랴, 이놈의 말!」

마차는 흔들거리며 움직이기 시작했다. 더 자세한 이야기를 듣고 싶었던 나는, 마부에게 그의 옆자리에 앉게 해달라고 부탁했다. 이리 하여 마차 위 목초더미 속에서 다음과 같은 가슴 아픈 이야기의 자초 지종을 듣게 된 것이다.

그는 '장' 이라고 불리었다. 계집애처럼 온순하고, 그러면서도 씩 씩하고 밝은 생김새의 스무 살 된 훌륭한 시골 청년이었다. 그는 매 우 미남이어서 여자들의 눈길을 끌었으나, 그의 머릿속에는 오로지 한 여인밖에 없었다. 전에 아를르의 투기장에서 만난, 비로드와 레이 스로 몸을 치장한 아를르의 여인이었다.

처음 그의 집에서는 그들의 관계를 달가워하지 않았다. 처녀가 바 람둥이로 알려졌기 때문이었다. 게다가 처녀의 양친은 이 고장 사람 이 아니었다.

그러나 장은 이 아를르의 처녀와 결혼하겠다고 굳게 결심하고 있 었다. 그는 말했다.

「그녀와 결혼하지 못하면 난 죽어 버릴 테야.」

하는 수 없이 추수가 끝난 뒤 두 사람의 결혼식을 치러 주기로 결 정했다.

그러던 어느 일요일 저녁, 그 집의 안마당에서 가족들이 식사를 거 의 끝마칠 즈음이었다. 그것은 거의 결혼 축하연이라고도 할 만한 잔 치였다. 신부는 참석하지 않았으나 사람들은 모두 그녀를 위해서 축

배를 들고 있었다.

　그때 한 사나이가 대문으로 들어섰다. 에스테브 주인어른께 은밀히 드릴 말씀이 있다고 떨리는 목소리로 말했다. 에스테브는 일어나서 밖으로 나갔다.

　「영감님! 영감님은 2년 동안이나 내 정부였던 여자를 아드님과 결혼시키려고 하십니다요. 난 증거 없는 말은 안 해요. 여기 편지가 있습니다! 그 여자의 부모님도 승낙하고 있었어요. 벌써 오래 전부터 그 여자를 준다는 약속을 했었지요. 그런데 영감님댁 아드님이 그 여자를 신부로 맞고 싶다고 청혼한 뒤로는, 그들 모두 도무지 날 상대해 주지 않는군요. 하지만 일단 그런 일이 있었던 이상, 그 여자는 다른 사람의 신부가 될 수 없다고 생각합니다요.」

　「알았네! 자, 들어가서 포도주나 한잔 마시고 가게.」

　에스테브 영감은 편지를 다 읽고 나서 이렇게 말했다. 사나이는 대답했다.

　「고맙습니다! 하지만 난 가슴이 아파서 도무지 포도주 마실 기분이 아니군요.」

　그리고 그는 가버렸다.

　에스테브 영감은 자리로 돌아왔으나, 그런 일은 조금도 내색하지 않고 다시 식탁에 앉았다. 식사는 즐거운 분위기로 끝났다.

　그날 밤, 에스테브 영감은 아들과 같이 들로 나갔다. 그들은 오랫동안 밖에 있었다. 그들이 돌아왔을 때, 어머니는 아직도 그들을 기다리고 있었다. 에스테브 영감은 그녀에게 아들을 데리고 가더니 이렇게 말했다.

「여보! 이녀석을 안고 키스해 주오! 이녀석은 가엾은 애야……..」

장은 그 뒤로 아를르의 여자 이야기를 입에 올리지 않았다. 그러나 그는 여전히 그녀를 사랑하고 있었다. 그녀가 다른 남자의 사람이라는 사실을 안 뒤로는 한층 더 그녀를 사랑하고 있었다.

그러면서도 그는 자존심이 강하여 아무 말도 하지 않았다. 가엾게도 그러한 성격이 그를 자살하게 만들었던 것이다.

……그는 여러 날 동안, 온종일 남의 눈에 띄지 않는 구석에 들어박혀 지냈다. 어떤 날에는 미친 사람처럼 들일을 하러 나가서 날품팔이꾼 열 사람 몫을 해치우기도 했다. 그리고 저녁이 되면 아를르 쪽으로 걸음을 옮겨 저녁 해를 받으며 솟아 있는 시내의 뾰족한 종탑이 보이는 데까지 곧바로 걸어갔다가 되돌아오곤 했다. 그러나 그는 결코 그 이상은 가지 않았다.

이렇게 항상 쓸쓸한 듯 홀로 있는 그를 보고, 가족들은 어찌해야 좋을지 알 수 없었다. 사람들은 나쁜 일이 일어날까봐 두려워하고 있었다.

어느 날 그의 어머니는 식탁에서 눈물이 가득 고인 아들을 바라보며 말했다.

「애! 좀 들어 봐라, 장. 네가 그래도 그 여자와 혼인하고 싶다면, 그렇게 하자꾸나……」

아버지는 굴욕감으로 얼굴을 숙이고 있었다. 장은 고개를 설레설레 저었다. 그리고 밖으로 나갔다…….

그 뒤로 그는 태도를 바꾸어 양친이 마음을 놓게끔 늘 명랑한 체하며 지냈다. 무도회에서, 술집에서, 소의 경주대회에서 그의 모습을 다시 볼 수 있었다.

폰비에이유 시의 축제 때, 파랑돌(프로방스 지방의 춤)의 앞장을 선 것도 그였다. 아버지는 말했다.

「저 애의 상처가 아문 모양이야.」

그러나 어머니는 여전히 염려하고 있었다. 전보다 더 아들의 행동에 주의를 기울였다. 장은 동생과 같이 누에 치는 방 바로 옆에서 잤다. 가엾은 이 여인은 그들 옆방에 자신의 잠자리를 마련했다. 밤중에 누에를 돌봐 주어야 할지도 모른다는 구실로.

지주들의 수호신인 성(聖) 엘라의 축제일이 왔다. 집에서는 법석을 떨었다. 모든 사람들에게 샤토뇌프 포도주를 대접했고, 포도 시럽의 비가 내리 퍼부어졌다.

안마당에서는 불꽃을 쏘아 올리고, 모닥불을 지펴 밝히고, 팽나무에서는 오색 등불이 가득 걸렸다…….

성 엘라 만세! 사람들은 기진맥진할 때까지 춤을 추었다. 동생녀석은 그의 새 블라우스를 태워 먹었다. 장은 기쁜 듯한 표정이었다. 그는 어머니에게 같이 춤을 추자고 했다. 가엾은 그녀는 기쁨에 겨워 눈물을 흘렸다.

밤이 깊어 사람들은 잠자리에 들었다. 모두 피곤했다. 그러나 장만은 자지 않았다. 후에 작은아들이 한 말에 따르면, 그날 밤 그는 밤새도록 흐느껴 울었다는 것이다. 아아! 이 사나이는 참으로 심한 상처를 입고 있었음이 분명했다.

이튿날 새벽, 어머니는 누군가가 방 앞을 달려 지나가는 발걸음소리를 들었다. 그녀는 불길한 예감 같은 것을 느꼈다.

「장, 너니?」

장은 대답하지 않았다. 그는 이미 계단에 가 있었다. 어머니는 부리나케 일어났다.

「장, 어디 가니?」

그는 다락방으로 올라갔다. 어머니도 아들을 뒤따라 올라갔다.

「얘, 제발 부탁이다…….」

그는 문을 닫고 빗장을 걸었다.

「장, 내 아들아, 대답해 다오. 너, 무슨 짓을 하려는 거니?」

떨리는 주름진 손으로 그녀는 열쇠를 더듬어 찾았다. 창이 열린다. 안마당의 포석 위로 사람의 몸뚱이가 떨어지는 소리. 그뿐이었다.

가엾은 젊은이는 자신에게 말한 것이다.

「난 아무래도 그 여자를 단념할 수가 없다. 죽어야지……. 아아! 정말이지, 우리들 인간의 마음이란 얼마나 가련한가! 그렇긴 하지만, 모멸로써도 사랑을 어쩔 수 없다니 너무하지 않은가!」

이튿날 아침 마을 사람들은, 에스테브 영감님 댁에서 누가 그렇게 흐느끼는 것일까 하고 의아스러워했다. 안마당의 이슬과 피에 젖은 돌탁자 앞에서 죽은 아들을 팔에 안고 그렇게 흐느끼며 탄식하는 사람은 가슴을 풀어헤친 그의 어머니였다.

산문으로 씌어진 환상시

오늘 아침 문을 열어 보니, 풍차방앗간 둘레에는 하얀 서리가 가득 깔려 있었다. 풀은 마치 유리처럼 반짝거리며 쨍쨍 소리를 내고 있었다. 온 언덕이 추위로 꽁꽁 얼어 있었다. 오늘 하루, 내 사랑하는 프로방스는 북녘 나라 모양으로 화장을 한 것이다.

얼음꽃으로 테두리를 장식한 소나무와 수정의 꽃다발이 되어 피어 있는 라벤더의 숲 사이에서, 나는 적이 독일풍의 환상 위에서 이루어진 다음과 같은 두 편의 발라드를 지었다. 그러는 동안 서리는 그 흰 불꽃을 날려보냈고, 머리 위의 맑은 하늘에서 앙리 엔느(하인리히 하이네의 불어 발음)의 나라에서 온 황새의 긴 행렬이 「어이구, 추위, 어이구, 추위!」 하고 울면서 라카라르그 쪽으로 내려앉고 있었다.

황태자의 죽음

어린 황태자는 병이 들었다. 어린 황태자의 임종이 가까워지자 왕국 안의 성당에서는 황태자의 병이 낫기를 기원하며 성체(聖體)가 밤낮으로 모셔지고 몇 개나 되는 큰 촛불이 켜졌다. 낡은 왕도의 거리는 구슬프고 조용하며, 종도 울리지 않았다. 마차도 천천히 달렸다. 왕궁의 부근에서는 구경거리 좋아하는 시민들이 안마당에서 침울한 표정으로 수군거리며, 금빛 번쩍거리는 옷차림의 뚱뚱보 위병들을 목책 너머로 바라보고 있다.

온 성 안이 근심으로 가라앉아 있었다……. 시종들과 우두머리 사인(舍人)들이 대리석 계단을 달려 오르내리곤 했다. 복도에는, 이쪽 무리로부터 저쪽 무리로 용태를 묻고 다니는 비단옷 차림의 신하들과 시종들로 가득했다. 정면의 넓은 계단 위에서, 눈물에 젖은 시녀들이 수놓은 고운 손수건으로 눈물을 닦으며 정중히 인사를 주고받았다.

오렌지의 방(겨울철에 오렌지나무를 넣어 두는 온실)에는 가운을 입은 의사들이 잔뜩 모여 있다. 유리창 너머로, 그들이 긴 검은 소매를 흔들고, 세 갈래로 나누어 뒤로 늘어뜨린 가발을 의젓한 체하며 갸웃거리는 모습이 보인다. 부육관(傅育官 : 왕가 자제의 교육을 맡은 사람) 시종은 문 앞에서 서성거리며 시의(侍醫)들의 진단 발표를 기다리고 있다. 사인들은 그들 곁을 지날 때 인사도 하지 않는다. 시종무관은 이교도처럼 모독의 말을 입에 올리고, 부육관은 호라스(중용을 주지로 삼은 향락주의를 제창한 기원전의 옛 시인)의 시구를 중얼중얼하고 있다……. 그러는 동안 저쪽 마구간에서는 길게 슬피 우는 말 울음소리가 들려 온다. 그것은 마부들이 돌봐 주기를 잊었기 때문에 빈 구유 앞에서 구슬피 먹이를 달라고 호소하는 어린 황태자의 밤색 말이다.

그럼 왕은? 임금님은 어디 계시는 건가? 왕은 궁성의 맨 끝에 있는 방에서 홀로 침묵을 지키고 있다. 국왕들은 우는 모습을 남에게 보이기를 원치 않는 법이다. 왕후가 되면 또 다르다. 왕후님은 어린 황태자의 베개맡에 앉아서, 그 아름다운 얼굴을 눈물로 적시며 베를 짜는 여인처럼 여러 사람의 눈도 아랑곳없이 소리내어 흐느껴 울고 있다.

레이스 달린 침대 위에, 자신이 깔고 있는 요보다도 창백한 어린 황태자는 눈을 감고 누워 있다. 잠든 것같이 보이지만 그렇지 않다. 어린 황태자는 잠들어 있지는 않다……. 어머니 쪽을 향한다. 울고 있는 어머니를 보고 입을 연다.

「어머니, 왜 우셔요? 정말 제가 이대로 죽을 줄로 믿으셔요?」

왕후는 대답하려 했으나 슬픔으로 목이 메어 입을 열 수가 없었다.

「울지 마셔요, 어머니. 어머니는 제가 황태자라는 것을 잊으셨군요. 또, 황태자는 이렇게 죽어가는 게 아니라는 것도 잊으셨군요.」

왕후는 더욱 슬프게 흐느껴 울었다. 황태자도 은근히 걱정이 되었다.

「그만 하세요. 전 죽음이 절 데려가길 원치 않아요. 전 죽음이 여기
까지 찾아오지 못하게 막을 수 있어요. 제 침대 주위를 경계하기 위
해서, 최강의 독일인 용병 마흔 명을 당장 보내도록 해주세요. 도화
선에 불을 당긴 대포 백 문이 저의 창 밑에서 밤낮으로 지키게 해주
셔요. 그래도 죽음이 다가오거든 저주해 주어야지.」

황태자의 마음이 놓이게 하기 위해서 왕후는 신호를 했다. 즉시 포
차의 바퀴소리가 안마당에 울려온다. 또 마흔 명의 귀가 큰 독일인
용병들이 손에 창을 들고 방 둘레에 정렬하였다. 그것은 수염이 허연
노병들이었다. 어린 황태자는 이들을 보고 손뼉을 치며 기뻐했다. 그
중의 한 얼굴을 알고 있었기에 그 사나이를 불렀다.

「로랭! 로랭!」

노병은 침대께로 한 발 다가선다.

「로랭 할아범, 난 할아범을 좋아해. 할아범의 그 훌륭한 검술을 좀
보여줘. 죽음이 날 데리러 오면 죽여야 하니까 말이야.」

로랭은 대답했다.

「예, 전하…….」

햇빛에 그을린 그의 볼 위에 두 방울의 커다란 눈물이 흐른다.

이때, 궁정의 전속 사제(司祭)가 황태자의 침대로 다가서서, 십자
가의 예수 수난상을 보이며, 나직한 목소리로 오랫동안 이야기한다.
황태자는 몹시 놀란 표정으로 그 말을 듣고 있다가, 갑자기 말을 가

로막으며 말했다.

「신부님 말씀은 잘 알겠어요. 그렇긴 하지만, 내 친구 베포 녀석에게 돈을 많이 주어서 내 대신 죽게 할 수는 없을까요?」

궁정 전속의 사제는 낮은 목소리로 이야기를 계속한다. 어린 황태자는 더더욱 놀란 표정이 되었다. 이윽고 사제가 이야기를 끝마쳤을 때 어린 황태자는 깊은 한숨을 쉬며 말했다.

「신부님, 지금 말씀은 참으로 슬프게도 단 한 가지만 제게 위안이 되네요. 하늘나라 저 별들의 낙원에서도 나는 역시 황태자가 될 수 있다는 것이에요. 난 잘 알고 있어요. 하느님은 내 친척이거든요. 하느님은 반드시 나를 내 신분에 맞게 대우해 주시겠죠.」

이번에는 어머니 쪽을 향하여 말을 덧붙였다.

「저의 가장 고운 옷과 아르민(동물의 이름)의 저고리와 비로드 무도화를 갖다 주세요. 전 천사들에게 훌륭한 모습을 보여주고 싶어요. 황태자의 옷차림을 하고 천국으로 들어가고 싶어요.」

궁정 사제는 세 차례나 어린 황태자 쪽으로 몸을 수그려 나직한 목소리로 긴 이야기를 했다. 이야기 도중에 황태자는 화를 내며 말을 가로막고 외쳐댔다.

「하지만, 그렇다면 황태자라는 것이 아무것도 아니군요.」

그리고는 더 이상 아무 말도 들으려 하지 않고, 어린 황태자는 벽 쪽으로 돌아누워서 분한 듯이 흐느껴 울기만 하는 것이었다.

들판에서의 군수님

군수님이 시찰하러 가셨다. 마부가 앞에 타고, 하인이 뒤에 탄 가운데, 군청의 마차는 위풍도 당당하게 군수님을 라콩브 오 페(선녀의 계곡)의 지방 품평회로 모셔 가고 있다.

기념할 만한 이 날을 위해서 군수님은 수를 놓은 아름다운 옷을 입고, 작은 클라크 모자를 쓴 데다, 은줄이 넣어진 착 달라붙은 바지를 입고, 손잡이가 진주조개로 된 예검(禮劍)을 차고 있다. 무릎 위에는 요철의 무늬가 눌러 박힌 도톨도톨한 가죽의 큼직한 접는 가방이 놓여 있다. 군수님은 무늬가 눌러 박힌 그 접는 가죽 가방을 근심스러운 눈초리로 바라보았다. 라콩브 오 페의 주민들 앞에서 곧 해야 될 중요한 연설을 생각하였다.

「내빈 및 친애하는 군민 여러분……」

그러나 아무리 구레나룻의 금빛 빳빳한 털을 비비틀고 또 스무 번이나 계속 '내빈 및 친애하는 군민 여러분……'을 되풀이해도 허사다. 연설의 뒷부분이 떠오르지 않았다.

그 다음 부분이 생각이 나지 않는 것이다. 마차 안은 대단히 덥다. 눈이 미치는 한, 라콩브 오 페의 가도는 남부 프랑스의 한낮 햇빛 아래 뽀얗게 먼지가 일고 있다. 대기는 한껏 불타고 있고, 하얗게 먼지를 뒤집어 쓴 길가의 느릅나무 위에서는 몇천 마리나 되는 매미들이

맴맴 소리를 내며 울고 있다.

갑자기 군수님이 소스라쳤다. 저 멀리 조그만 산기슭에서 그에게 손짓을 하는 듯한 참나무의 조그만 숲이 눈에 띈 것이다. 그 조그만 참나무 숲은 그에게 손짓하고 있는 것 같다.

「군수님, 이리 오세요. 연설문을 지으시려면, 내 나무 그늘이 훨씬 좋을 테니까요…….」

군수님은 유혹에 넘어가고 말았다. 그는 마차에서 뛰어 내려, 이제 부터 저 참나무 숲속에서 연설문의 원고를 지을 테니 너희들은 기다 리라고 시종들에게 말했다.

참나무의 조그만 숲속에는 산새들이 있고 제비꽃이 피어 있고 보 드라운 풀 밑에는 옹달샘도 있다……. 아름다운 바지를 입고, 무늬를 눌러 박은 접는 가죽 가방을 든 군수님을 보았을 때, 산새들은 겁이 나서 노래를 그쳤고, 옹달샘은 콸콸 솟는 소리를 삼가고, 제비꽃은 잔디 밑으로 숨었다……. 이 귀여운 무리들은, 아직 한 번도 군수님 을 본 일이 없었다. 그러므로 은빛 바지를 입고 산책하고 계시는 저 귀하신 분이 누구실까 하고 서로 수군거렸다.

은빛 바지 차림의 저 훌륭한 귀인은 누구실까 하고, 그들은 나뭇잎 그늘에서 소곤소곤 서로 묻고 답하고 한다……. 그러는 동안에, 숲속 의 고요함과 시원함에 황홀해진 군수님은 옷자락을 걷어올리고 모자 를 풀 위에 벗어 놓고는 젊은 참나무 밑둥의 이끼 위에 앉았다. 그리고는, 무늬를 눌러 박은 도톨도톨한 가죽의 커다란 접는 가방을 무릎 위에 펼치고, 안에서 큼직한 공무용의 종이 한 장을 꺼냈다.

「미술가구나.」

하고 휘파람새가 말했다.

「아냐.」

하고 피리새가 말했다.

「미술가가 아냐. 은빛 바지를 입고 있거든. 그보다는 공작님이지.」

하고 피리새가 말했다.

「미술가도 공작님도 아니야.」

온 한 철을 군청의 마당에서 노래하며 지낸 늙은 나이팅게일이 끼어들었다.

「난 알고 있어. 저 사람은 군수야!」

이리하여 조그만 숲속이 속삭임으로 가득 찼다.

「군수다! 군수님이야!」

「왜 저렇게 대머리일까!」

하고 보기 좋은 도가머리를 가진 종달새가 감탄하며 말했다.

제비꽃이 물었다.

「저 사람은 나쁜 사람이니?」

「군수님은 나쁜 사람이니?」

하고 제비꽃이 묻자 나이 든 나이팅게일이 대답했다.

「절대 그렇지 않아!」

그리하여 안심을 한 산새들은, 군수님이 거기 없었던 때처럼 다시 노래하기 시작하고, 샘물도 흐르기 시작하고, 제비꽃들은 향기를 뿜기 시작한다. 이 같은 사랑스러운 떠들썩함 속에 둘러싸여서도 전혀 마음이 흔들리지 않은 채, 군수님은 마음속으로 농사강구회(農事講究會)에서의 연설을 관장하는 뮤즈의 가호를 기원했다. 연필을 손에 들고 품위 있는 말투로 엄숙히 낭독했다.

「내빈 및 친애하는 군민 여러분…….」

하고 군수님이 엄숙한 말투로 말했을 때 높다란 웃음소리가 그의 말을 가로막았다. 돌아보았으나 그의 접는 모자 위에 앉아서 그를 바라보는 살진 딱따구리 외에는 아무도 눈에 띄지 않았다.

군수님은 어깨를 딱 벌리고 연설을 계속하려 했으나 딱따구리가 다시금 그의 말을 가로막고 멀리서 그에게 외쳐댔다.

「아니! 그걸 어디다 써먹으려고요?」

「어디다 써먹느냐고?」

군수님은 얼굴이 빨개져서 말했다. 그리고는 손을 내저어 이 대담한 산새를 쫓으며 한층 목청을 돋우어 말했다.

「내빈 및 친애하는 군민 여러분…….」

이라고 군수님이 말하자 이때 귀여운 제비꽃들이 그들의 줄기 끝을 뻗어 올리며 그에게 부드러운 말을 건넸다.

「군수님, 우리들의 냄새가 얼마나 향기로운지 아셔요?」

옹달샘은 이끼 밑에서 그를 위해 성스러운 음악을 연주했다. 그의 머리 위에서는 나뭇가지 사이로 휘파람새 떼가 몰려와서 그를 위해 그들의 가장 사랑스러운 노래를 불러 주었다. 이렇게 조그만 숲이 공모해서 그의 연설문 작성을 방해했다.

조그만 숲이 하나가 되어 그의 연설문 작성을 방해하는 것이다. 향긋한 냄새에 도취되고 음악에 황홀해진 군수님은, 그를 엄습하는 새로운 매력에 저항하려 하지만 허사였다. 그는 풀 위에 팔꿈치를 짚고는 그의 훌륭한 옷의 단추를 벗기며 또 두세 마디 중얼거렸다.

「내빈 및 친애하는 군민 여러분…… 내빈 및 친애하는 군민 여러분…… 내빈 및 친애하는…….」

그러다가 군민이고 무엇이고 내팽개치고 말았다. 그러니 농사강구회의 뮤즈도 이제는 얼굴을 가릴 수밖에 없다.

농사강구회의 뮤즈여, 얼굴을 가리라! 한 시간 뒤, 군청의 직원들이 그들의 상사를 염려하여 조그만 숲속으로 들어와 보았을 때, 그들은 놀란 나머지 그만 흠칫 뒷걸음질을 칠 만한 사태를 목격하고 말았다. 군수님은 방랑시인 같은 꼴 사나운 자세로 풀 위에 엎드려 있었다. 윗옷은 옆에 벗어버린 채……. 그리고 제비꽃을 씹으며 시를 짓고 계신 것이다.

코르니유 영감의 비밀

밤에 가끔 이야기를 하러 나를 찾아오는 노인이 있다. 그는 프랑세
마마이라는 사람이었다.

어느 날 밤, 그는 뱅퀴(포도즙을 특수한 방법으로 다시 끓이고 향
료를 넣어 만든 일종의 포도 시럽)를 마시면서 그럭저럭 스무 해나
전에 나의 이 풍차방앗간이 목격한 조그만 마을의 비극을 나에게 들
려주었다. 노인의 이야기는 감동적이었다. 나는 그 이야기를 그대로
전하려고 한다.

친애하는 독자들이여, 잠시 향기 높은 술단지를 앞에 놓고 피리 부
는 노인의 이야기를 듣고 있는 것으로 상상하기 바란다.

이 고장도 말입니다요, 나리. 언제나 지금처럼 활기가 없고 쓸쓸했

던 것은 아닙니다요. 옛날, 이 고장에서는 가루 방아 찧는 일이 번창하여 사방 백 리 안에 있는 농부들이 모두 우리 마을로 그 밀을 빻기 위해 가지고 왔더랬지요.

마을 둘레의 언덕에는 어디라 할 것 없이 풍차방앗간이 서 있었어요. 오른쪽을 보든, 왼쪽을 보든 솔밭을 넘어 눈에 들어오는 것이라곤 미스트랑(프로방스 지방의 론 강 유역을 맹렬히 휘몰아치는 동북풍)을 받아 돌아가고 있는 풍차의 날개와 등에 포대를 싣고 언덕길을 오르내리는 귀여운 나귀떼들뿐이었지요. 일 주일 내내, 언덕 위에서는 채찍 소리니, 풍차 날개의 천이 펄럭이는 소리니, 방아찧는 일을 돕는 사나이들이 「이랴, 이랴!」 하고 나귀를 모는 소리가 들려왔는데, 참으로 즐거운 일이었지요.

일요일이 되면, 우리는 떼를 지어 풍차방앗간으로 갔습니다. 언덕 위에서는, 풍차방앗간 주인들이 뮈스카 포도주를 대접해줍니다. 레이스 달린 숄을 걸치고 금빛 십자가를 목에 건 안주인들은 마치 여왕님처럼 아름다워 보였지요.

이런 이야기를 하는 저도 피리를 가지고 갔어요. 해가 져서 어두워질 때까지, 여럿이 함께 파랑돌을 추었지요. 나리, 풍차방앗간은 이 고장의 기쁨과 번영의 근본이었답니다.

그런데 운이 나쁘게도 파리 사람들은 증기로 운전하는 제분공장을 타라스롱 가도에 건설할 생각을 한 거예요. 그러니 '새것은 무엇이든 좋다!' 는 비유처럼 사람들은 덩달아, 모두 제분공장으로 밀을 가지고 가게 되었어요. 그래서 풍차방앗간은 완전히 일거리를 잃어버리고 말았지요.

한동안은 그래도 버텨 보았습니다만, 도대체 증기를 당해낼 수 없었어요. 애석하게도! 차례차례로 풍차방앗간은 문을 닫지 않으면 안되게 되었지요…….

이제는 귀여운 나귀들도 오지 않게 되었습니다. 어여쁜 방앗간 아낙네들도 황금 십자가를 팔았어요. 이제는 뮈스카 포도주도 파랑돌 춤도 더 이상 볼 수가 없었지요. 미스트랄 바람이 아무리 불어도 풍차 날개는 꿈쩍도 하지 않았습니다.

그러다가 어느 날, 마을에서는 그 황폐한 집을 헐어 버리고 그 대신 포도와 올리브를 심었지요. 그런데 이렇게 모두 쓰러져 버린 풍차방앗간 중에서 단 한 채의 풍차방앗간만은 당당하게 버티어, 제분공장의 눈앞에서 나 보란 듯이 그 언덕 위에서 힘차게 돌고 있었어요. 그것은 코르니유 영감의 풍차방앗간으로, 지금 우리가 이야기를 나누고 있는 바로 이 풍차방앗간이지요.

코르니유 영감님은 예순 해 동안을 가루 속에서 살아온, 자기 일에 한결같이 열심인 노인이었습니다. 새로 지어진 제분공장은 영감님을 미친 사람처럼 변하게 만들었어요. 영감님은 자기 주위의 사람들을 모아 놓고는, 제분공장의 가루로 프로방스 지방은 독살당하게 되었다고 악을 쓰고 소리쳐대며, 꼬박 일 주일 동안 온 마을 안을 설치고 다녔지요.

「저기 가선 안 돼. 저 악당놈들은 빵을 만드는 데 증기를 쓴단 말이야. 그건 악마가 발명한 거야. 하지만 난 미스트랄과 트라몽탄(북풍)으로 일하지. 자애로우신 하나님의 입김으로 말이야…….」

영감님은 이렇게 풍차방앗간을 찬양하는 멋진 말을 많이 발견했습니다. 그러나 어느 누구도 그의 말에 귀를 기울이지 않았지요.

이러니 화가 머리끝까지 오른 노인은 풍차방앗간에 틀어박혀서 마치 사나운 짐승처럼 혼자서 지냈어요. 부모를 여읜 뒤로 이 세상에 할아버지밖에는 의지할 데가 없는 열다섯 살짜리 소녀인 손주딸 비베트마저 영감님은 자신의 곁에 두려 하지 않았어요. 가엾은 소녀는 저 혼자의 힘으로 살아가지 않으면 안 되었지요. 그래, 이집 저집 할 것 없이 그녀는 농가의 보리 수확이니, 누에치는 집의 청소니, 올리브 열매 따기 등 잡일과 날품팔이를 도맡아했어요.

노인은 손주 딸을 만나느라고 그 농가를 찾아 햇빛이 쨍쨍 내리쬐는 길을 40리나 자주 걸어갔어요. 막상 손녀를 만나면, 울며불며 그녀의 얼굴을 바라보는 것으로 몇 시간을 보내곤 했지요…….

이 고장 사람들은 모두, 방앗간 노인이 비베트를 쫓아낸 것이 인색한 탓이라고 생각했답니다. 제 손주딸을 그렇게 이집 저집으로 거러기처럼 떠돌아다니게 하고, 더욱이 하인 녀석들의 온갖 구박을 받는 등 그 어려운 남의집살이를 시키다니, 그것은 결코 명예로운 일일 수는 없었지요.

적어도 코르니유 영감님이라고 일컬어지는 사나이가, 더욱이 그때까지만 해도 제법 남들의 존경을 받아 오던 사나이가, 이제는 거의 거지처럼 맨발에 구멍 뚫린 두건을 쓰고 너덜너덜 해어진 허리띠를 맨 모습으로 한길을 걸어다니니, 이 얼마나 창피스러운 일이냐는 생각들을 했었으니까요.

우리들 나이 든 축도 일요일에 영감님이 미사를 드리는 자리에 들어오면, 적이나 부끄러움을 느꼈지요. 코르니유 영감님도 그런 줄 눈치채고는, 위원석에는 결코 접근하려 하지 않았어요. 언제나 성당의 정면인 성수반(聖水盤) 근처에서 가난한 사람들과 같이 있었지요.

코르니유의 생활에는 어딘지 아리송한 데도 있었어요. 벌써 오래전부터 마을에서는 어느 누구 하나 그에게 밀을 가지고 가는 사람이 없었는데도 풍차의 날개는 전처럼 변함없이 돌고 있었으니까요.

저녁때 마을 사람들은 길에서 이 풍차방앗간 영감님을 만났습니다. 그는 커다란 밀가루 포대를 실은 나귀를 뒤쫓아가고 있었지요.

「안녕하십니까, 코르니유 영감님! 장사는 변함없이 잘 되나요?」

농부들은 그에게 말을 건넵니다.

「여전하고말고, 이 사람들아. 덕분에 일거리가 떨어지진 않네.」

영감님은 힘차게 대답했어요.

그런데 그렇게 많은 일거리를 도대체 어디서 가져 오느냐고 물으면, 영감님은 입술에 손가락을 갖다 대고 정색을 하며 대답하는 것이었어요.

「쉿! 이건 수출하는 일거리라네.」

그 이상은 결코 캐낼 수 없었지요.

그의 풍차방앗간에 들어가기란 어림도 없는 일이었습니다. 손주딸 비베트조차 들어갈 수 없었지요.

앞을 지나가다 보면 언제나 문이 닫혀 있고, 풍차 날개는 움직이고 있었습니다. 늙은 나귀는 볼록한 집터 위에서 풀을 뜯어먹고 있고, 말라빠진 커다란 고양이가 창틀 위에서 햇볕을 쬐며 눈을 흘금거리고 있었지요.

그런 모든 양상이 어딘지 모르게 은밀한 냄새를 풍기고 있었으므로 마을 사람들의 소문거리가 되었습니다. 사람들은 저마다 제멋대로 코르니유 영감의 비밀을 해석하고 있었지요. 그 중에서도, 그 풍차방앗간 안에는 밀가루 포대보다 금화 포대가 더 많다는 것이 중론을 이루고 있었지요.

시간이 지남에 따라 일체의 진상이 명백히 드러났습니다. 그 경과는 바로 이렇답니다.

어느 날, 내가 피리를 불어 젊은이들을 춤추게 하고 있는 동안 보니, 문득 내 큰아들과 비베트가 서로 못 잊어 하고 있는 눈치였지요. 기실, 나는 그 문제에 당황해하진 않았습니다. 왜냐하면 사정이 어떻든 간에 코르니유라는 이름은 이 고장에서는 존경받고 있었고, 거기에 또 귀여운 참새 같은 비베트가 우리 집안에서 날아다니는 모습을 보게 되는 것이 나로서는 기쁜 일이었으니까요.

다만, 지금 우리가 화제로 삼고 있는 이 한 쌍의 사랑하는 젊은 남녀가 자리를 같이할 기회가 자주 있으므로, 만일에 잘못이라도 저질러지면 낭패라고 생각되어, 나는 곧 혼담을 성사시키려고 결심을 했습니다. 그래서 그녀의 조부가 되는 사람에게 한두 마디 말을 건네려고 풍차방앗간까지 올라갔지요.

아아! 그런데 고약한 늙은이 같으니라구! 글쎄, 이 영감이 나를 어떻게 맞이해 주었는지 상상해 보세요. 도대체 문조차 열어 주지 않았어요. 그래서 열쇠 구멍으로 그럭저럭 사연을 말했지요. 내가 말하는 동안, 머리 위에서는 말라빠진 고양이 녀석이 악마같이 야옹야옹 울고 있더군요.

노인은 내가 끝까지 말을 하세끔 놔두질 않았습니다. 게다가,

「자네 같은 피리꾼은 피리나 불고 지내게.」

하고 몹시 무례하게 욕설을 퍼부어 버립디다.

「그렇게 서둘러 아들을 장가 보내려거든, 제분공장에 가서 여공들이나 찾아볼 일이지.」

하고 악을 쓰기도 하더군요.

그런 악담을 듣고 내가 얼마나 화가 났겠는지 생각해 보십시오. 그래도 여기서는 참는 게 현명하다고 여겨, 나는 이 미치광이 같은 영감을 그 풍차방앗간에 내버려두고 돌아와서 애들에게 자초지종을 설명해 주었지요.

가련한 어린 양들은 내 말을 믿을 수가 없었는지 그녀의 할아버지에게 직접 하소연할 테니 풍차방앗간으로 둘이 같이 가게 해 달라고

조르더군요. 나로서는 도저히 그 청을 물리칠 수가 없었습니다. 그래서 두 애는 신이 나서 달려갔지요.

그들이 언덕 위에 닿았을 때, 코르니유 영감은 마침 출타중이었습니다. 문은 겹으로 굳게 잠겨 있었으나, 이 노인은 깜빡 잊고 사다리를 바깥에 놓아 둔 채 나간 거예요. 애들은 창으로 미끄러져 들어가면 풍차방앗간 안을 볼 수 있으리라고 생각했지요.

그런데 이처럼 수수께끼 같은 일이 있겠습니까! 절구가 있는 방은 텅 비어 있었어요. 포대 하나 밀알 하나도 없었어요. 벽에는 거미줄이 쳐 있고 밀가루 자루라곤 눈에 띄지 않았습니다. 어느 풍차방앗간에나 풍기는 그 빻아진 밀의 구수하고 따사로운 내음조차 맡아볼 수 없었거든요.

방아의 주축은 먼지를 뒤집어쓰고 있고 그 위에서는 커다란 고양이가 잠을 자고 있었습니다.

아래층의 방도 똑같이 참담하게 황폐한 모습이었어요. 더러워진 침대에 두세 벌의 넝마옷, 층계 위에는 빵 한 조각, 구석에는 구멍난 포대가 서너 개 놓여 있는데, 그 구멍에서는 벽에서 떨어져 내린 흙덩이니 칠 부스러기가 삐져 나와 있었지요.

바로 여기에 코르니유 영감님의 비밀이 있었던 겁니다! 풍차방앗간의 면목을 세우기 위하여, 사람들로 하여금 아직도 이곳에서 밀을 빻고 있다고 믿게 하느라고, 영감님이 나귀에 싣고 그 일대의 길을 오락가락한 것은, 벽에서 떨어진 회칠 부스러기니 흙 부스러기들이었던 거예요!

불쌍한 풍차방앗간! 불쌍한 코르니유! 이미 오래 전부터 제분공장
이 그들의 고객을 이들로부터 빼앗고 있었던 겁니다. 날개는 여전히
돌고 있었어요. 그러나 절구는 헛돌고 있었던 것이지요.

그들은 눈물을 흘리며 돌아와서 그들이 본 진상을 내게 보고하더
군요. 그들의 말을 듣고, 나는 가슴이 찢어지는 듯한 아픔을 느꼈어
요. 나는 곧 이웃 사람들을 찾아가서 대충 사정을 이야기했습니다.
우리는 각자의 집에 있는 밀을 몽땅 코르니유의 풍차방앗간으로 가
져가야 한다는 데 의견의 일치를 보았지요.

말이 매듭시어시사 곧 실행으로 옮겨졌습니다. 우리는 밀——이서
야말로 진짜 틀림없는 밀——을 실은 나귀의 행렬과 함께 언덕 위에
이르렀지요.

풍차방앗간의 문은 활짝 열어 젖혀져 있었습니다. 그리고 문 앞에
서는 코르니유 영감이 벽의 회칠 부스러기가 담긴 포대 위에 앉아서
두 손으로 머리를 감싸고 울고 있었습니다. 그는 집으로 돌아오자마
자 집을 비운 사이 누군가가 들어와서 그의 서글픈 비밀을 알아냈다
는 사실을 알게 된 거지요.

「아아, 가련한 놈아! 이젠 죽을 수밖에 없구나……. 풍차방앗간의
명예는 더럽혀졌어.」

그는 울부짖었습니다.

그러면서 그는 마치 사람에게 말하듯이 온갖 이름으로 그의 풍차

방앗간을 불러대며 울고불고 하더군요.

그러는 참에, 나귀 행렬이 집터의 도톰한 터에 닿은 거예요. 우리는 풍차방앗간의 한창 때처럼 일제히 외쳐댔지요.

「여보시오. 풍차방앗간 영감님! ……여보시오, 코르니유 영감님!」

문 앞에는 순식간에 포대가 산더미를 이루었습니다. 그리고 고동색의 아름다운 밀알이 동시에 새어 나왔습니다. 코르니유 영감의 눈이 휘둥그레집니다. 그는 늙어 시들은 손바닥의 오목한 부분에 밀을 주워 들더니, 울고 웃으며 말합니다.

「밀이구나! 훌륭한지고! 좋은 밀이고 말고! 어디 좀 보여주게!」

그리고는 우리를 향해 말했어요.

「아아! 난 자네들이 다시 날 찾아오리라는 것을 빤히 알고 있었어…… 저 제분공장 놈들은 모두 도둑놈들이지.」

우리는 그를 헹가래 쳐서 마을로 데려가려 했어요. 그러나 영감님이 말했지요.

「아냐, 아냐, 여보게들. 무엇보다 먼저 내 풍차 녀석에게 먹을 것을 주어야지. 생각들을 해 보라구! 꽤 오랫동안 나는 녀석의 입에 풀칠도 못해 주었단 말이야!」

이리하여 우리 모두는 밀이 빻아지고 가루가 천장으로 솟구쳐 오르는 광경을 바라보았습니다. 이 가련한 영감이 이리저리 걸어다니며 포대의 주둥이를 열어 보는 등 절구를 살피는 등 하며 바삐 설치는 모습을 보자 눈에 눈물이 글썽해지더군요.

이것만은 우리의 공로였지요. 이날 이후로, 방앗간의 영감님은 단 하루도 쉬지 않고 일을 했어요. 그러던 어느 날 아침, 코르니유 영감님은 홀연히 이 세상을 하직하게 되었습니다. 그리하여 우리 고장의 마지막 풍차방앗간의 날개는 이번에야말로 영원히 돌지 않게 되었지요…….

코르니유 영감이 돌아가신 뒤, 어느 누구도 그 뒤를 이을 사람이라곤 없었습니다, 나리. 별수없는 일이지요! 이 세상에서는 무엇이든 종말이라는 것이 있으니까 말이지요. 그러니 론 강의 여객선이나 고을의 원님, 커다란 꽃무늬 윗옷의 시대와 마찬가지로, 풍차방앗간의 시대 또한 지나갔다고 생각할 수밖에 없지 뭡니까요.

시인 미스트랄

지난 일요일, 잠자리에서 일어났을 때 나는 포부르 몽마르트가에
있는 것으로 착각했다. 회색빛 하늘에서는 비가 내리고 있었고, 풍차
방앗간은 쓸쓸했다. 이렇게 찬비가 내리는 날 집에 있기가 고통스러
웠는데, 프레데릭 미스트랄을 찾아가서 위안을 좀 얻고 싶은 생각이
문득 머리에 떠올랐다. 저 위대한 시인은 내가 묵고 있는 송림 속에
서 30리 떨어진 조그만 마을 마얀느에서 살고 있었다.

생각이 떠오르자 곧 길을 떠났다. 상록수로 만든 지팡이, 한 권의
몽테뉴, 그리고 비옷을 가지고 나는 길을 떠났다. 들에는 한 사람도
없었다. 신앙심 깊은 프로방스 사람들인지라 주일날은 일을 하지 않
았다. 농가는 문이 닫히고 개들만 집에 남아 있었다. 물이 줄줄 흐르
는 포장마차, 낙엽빛의 망토를 뒤집어 쓴 노파, 미사에 가는 농장 사

람들을 한 마차 가득 싣고 가는 청백의 스파르타 천 안장 커버, 붉은 리본, 은방울로 축제일 차림을 한 노새들이 가끔 눈에 띄었으며, 안개 속 저편 운하 위에는 배가 한 척 떠 있었다. 그리고 고기잡이꾼 한 사람이 투망을 던지고 있었다.

그 날은 길을 가며 책을 읽을 수는 없었다. 비가 계속해서 내렸고, 북쪽에서 불어오는 바람은 물통을 끼얹듯이 빗물을 얼굴에 뿌렸다. 나는 바삐 걸음을 재촉했다. 결국 세 시간을 걷고 나니 내 앞에 작은 삼목숲이 나타났다. 숲 한가운데 마얀느 마을이 사나운 바람을 피하여 몸을 웅크리고 있었다.

긴거리에는 고양이 한 미리 없었디. 마을 사람들은 모두 대미사에 참석하고 있었다. 내가 교회 앞을 지날 때 세르팡 나팔이 울렸으며, 오색 창 너머로는 촛불이 타고 있는 것이 보였다.

시인의 집은 마을 끝에 있었다. 성(聖) 레미 가의 왼편으로 마지막 집——앞에 정원이 있는 작은 이층집——이었다. 나는 살그머니 들어 갔다. 아무도 없었다. 객실 문은 닫혀 있었으나, 안에서는 누가 왔다 갔다하며 큰소리로 떠들고 있었다. 아주 귀에 익은 목소리와 발자국 소리였다. 나는 설레이는 마음으로 석회를 칠한 복도에서 문의 손잡이를 잡은 채 잠시 동안 서 있었다. 가슴이 두근거렸다. 그가 있다.

그는 시를 짓고 있다. 한 구절을 마칠 때까지 기다려야 할까? 그러나 하는 수 없지, 들어가 보자.

아! 파리의 친구들이여, 그대들은 저 마얀느의 시인이 자기 딸 미
레이유에게 파리 구경을 시키려고, 빳빳한 칼라를 달고 자기의 명성
만큼이나 거추장스런 커다란 모자를 쓰고 그대들의 살롱에 나타났을
때, 저 양복을 입은 아메리카 토인 같은 모습을 보고 '미스트랄이 저
렇게 생겼구나' 고 생각하였겠지만 그건 미스트랄의 참다운 모습이
아니다. 미스트랄은 이 세상에 오직 한 사람, 내가 지난 일요일 그의
마을로 불쑥 찾아갔을 때 본 것이 진짜 미스트랄의 모습이었다. 그는
펠트 모자를 귀까지 눌러 쓰고, 조끼도 없이 재킷만 입고 있었으며,
붉은 카타로뉴 천으로 만든 허리띠를 두르고 있었다. 눈에서는 빛이
나고 광대뼈에서는 영감의 불길이 타오르고 있었으며, 희랍의 목자
처럼 우아한 미소를 짓고 있었다. 그는 두 손을 호주머니에 찌른 채
성큼성큼 걸어다니며 시를 짓고 있었던 것이다.

「야! 자네가 오다니!」

그는 내 목을 끌어안으며 소리쳤다.

「잘 왔네! 바로 오늘이 마얀느의 축제일이라네. 아비뇽에서 온 음
악대의 연주, 투옥, 경축, 행렬, 파랑돌 춤, 정말 볼 만할 거야. 어머니
도 미사에서 곧 돌아오실 걸세. 우리 점심식사나 하고 아름다운 아가
씨들이 춤추는 것을 구경하러 가세.」

그가 이야기하고 있는 동안 나는 밝은 색깔의 융단으로 벽을 꾸민
작은 객실을 감격해서 둘러보고 있었다. 내가 와 본 것은 아주 오래
전이었다. 그때 나는 매우 즐거운 시간을 보냈다. 변한 것은 아무것

도 없었다. 노란 방석이 놓인 소파, 두 개의 밀짚의자, 벽난로 위에 놓인 팔 없는 비너스상과 아를르의 비너스상, 에베르가 그린 시인의 초상화, 에티엔느 카르자가 찍은 그의 사진, 방 한구석, 창문 곁에 놓인 책상——등기 수부계의 초라한 작은 책상과 같았으며, 낡은 고본과 사전들이 가득 쌓여 있었다——등 아무것도 변한 것이 없었다. 책상 한복판에 두꺼운 노트가 한 권 펼쳐져 있었다. 그것은 프레데릭 미스트랄의 새 작품 『칼랑달』이었다. 그것은 연말, 크리스마스를 기해 출간하기로 되어 있었던 것이다. 미스트랄은 저 한 편의 작품을 쓰는데 7년이나 걸렸다. 그리고 마지막 구절을 쓴 지 거의 6개월이 되었건만, 그는 아직도 손을 떼지 못하고 있다. 시의 구절을 새로이 손질하고 어감이 더욱 좋은 운을 찾아내려는 그의 노력은 끝이 없었다. 미스트랄은 프로방스어로 시를 쓰고 있었지만, 시를 쓰는 그의 태도는 누구나 반드시 원어로 읽어서 훌륭한 시를 만들기 위해 들인 시인의 노력을 마땅히 이해해야 된다고 믿고 있는 것 같았다. 오, 위대한 시인! 몽테뉴의 다음과 같은 말은 바로 미스트랄을 두고 한 말이었을 것이다.

「세상이 조금도 알아주지 않는 예술을 무엇 때문에 그렇게 고생하며 하느냐고 누가 물었을 때, '알아주는 사람이 적어도 좋습니다. 단 한 사람이라도 좋습니다. 한 사람도 없어도 좋습니다' 라고 대답하는 사람을 상상해 보시라.」

나는 『칼랑달』이 적힌 노트를 손에 들고 감동해서 책장을 넘기고 있었다. 그때 갑자기 피리소리와 북소리가 창문 앞 길에서 들려왔다. 그러자 친구 미스트랄은 찬장으로 달려가 술잔과 술병을 꺼내고, 방 한가운데 식탁을 끌어다 놓고는 악사들에게 문을 열어 주며 나에게 말했다.

「웃지 말게…… 나에게 오바드를 연주해 주러 온 사람들이라네.」

작은 방이 사람들로 가득 찼다. 그들은 북을 걸상 위에 놓고, 낡은 기를 구석에 세워 놓은 다음 한 차례 술을 마셨다. 미스트랄의 건강을 비는 축배로 몇 병의 포도주를 비우고 무도회가 작년만큼 성대할 것인가, 투우는 잘 진행될 것인가, 축제일에 대한 진지한 의논을 하더니 악사들은 다른 의원들 집에서 오바드를 연주하기 위해 물러갔다.

그때 미스트랄의 어머님이 돌아오셨다. 잠깐 사이에 식탁이 마련되었다. 하얀 식탁보와 두 사람 몫의 식기가 놓였다. 나는 이 집안의 풍습을 잘 알고 있었다. 미스트랄에게 손님이 있을 때는 어머니는 식탁을 같이하지 않았다. 저 가엾은 할머니는 프로방스 지방의 말밖에 몰랐으며, 표준어를 쓰는 사람들과 이야기하기를 피하는 것이었다. 그리고 또한 부엌에서 할 일이 있었던 것이다.

아! 그날 아침식사는 정말 훌륭했다. 구운 염소고기, 산에서 만든 치즈, 포도주, 무화과와 사향포도, 이 모든 것과 함께 마시는 술은 법왕들이 마시는 잔 속에서 아름다운 장밋빛을 띠는 샤토뇌프 포도주였다.

식사를 마치자 나는 시가 적힌 노트를 찾아다 식탁 위 미스트랄 앞에 놓았다.

「밖으로 나가기로 했잖아.」

시인은 웃으며 말했다.

「안 돼! 안 돼……『칼랑달』을 들어야지, 『칼랑달』을!」

미스트랄은 하는 수 없다는 듯이 손으로 박자를 맞춰가며, 부드럽고 음악적인 음성으로 시를 읊어대기 시작했다.

「사랑에 미친 아가씨의…… 슬픈 사연을…… 나는 노래하리라. 신이 원한다면…… 카시스의 아들, 가련한 어린 고기잡이를.」

밖에서는 저녁 종소리가 울렸다. 광장에서는 불꽃이 터시고 피리소리가 북소리에 섞여 거리를 지나갔다.

경기장으로 몰고 가는 카마르그의 투우들이 으르렁거렸다.

나는 식탁 위에 팔을 괴고 감격의 눈물을 흘리며 프로방스의 어린 고기잡이의 이야기를 듣고 있었다.

칼랑달은 고기잡이에 지나지 않으나 사람이 그를 영웅으로 만들었다. 어여쁜 애인 에스테렐의 마음을 사려고 그는 많은 신비로운 사건을 터트렸다. 헤라클레스의 열두 가지 기적도 그가 한 일과 비교하면 아무것도 아니었다.

그는 부자가 되어 보겠다고 결심하고 놀라운 어로 기구를 만들어서 바다에 있는 고기를 모두 잡아오기도 하고, 올리울 협곡의 흉악한 도적 세베랑 백작을 그의 부하와 정부들이 모여 있는 소굴까지 추격하기도 하였다. 저 나이 어린 칼랑달은 얼마나 억센 쾌남아였던가!

그러던 어느 날 그는 생 트봄에서 두 패의 직공들을 만났다. 그들은 솔로몬 신전을 세운 프로방스의 목수, 자크 선생의 무덤 있는 곳에서 두 팔을 휘두르며 담판을 짓기 위해 몰려온 사람들이었다. 칼랑달은 그 유혈극 속에 뛰어들어 그들을 말로써 화해시켰다. 인간의 힘으로 할 수 없는 얼마나 많은 일을 해치웠던가!

저 높은 뤼르의 암벽 속에 나무꾼도 감히 올라가지 못한, 접근할 수 없는 삼목 숲이 있었다. 칼랑달만은 그곳에 올라갔다. 그는 30일 동안을 혼자서 그곳에 머물러 있었다. 30일 동안 계속해서 나무등치에 박히는 그의 도끼 소리가 들렸다. 나무숲은 비명을 지르며, 거대한 고목들이 하나 둘씩 쓰러져 계속 밑으로 굴렀다. 칼랑달이 산에서 내려왔을 때, 산 위에는 한 그루의 삼목도 남아 있지 않았다.

마침내 그 많은 공적의 대가로 저 고기잡이는 에스테렐의 사랑을 획득하였으며, 카시스의 시민들에 의해 집정관으로 임명되었다. 이것이 칼랑달의 이야기이다.

그러나 문제되는 것은 프로방스였다. 프로방스의 바다, 산, 역사, 풍습, 전설, 풍물, 그리고 멸망 직전에 위대한 시인을 찾아낸 순박하고 자유를 사랑하는 주민들 전체가 담겨 있었다.

자, 이제는 철로를 놓고, 전신주를 세우고 학교에서 프로방스어를 추방시켜 보시라! 프로방스는 『미레유』와 『칼랑달』 속에 영원히 살아 숨쉬게 될 것이다.

「시는 그만 집어치웁시다! 경축제를 보러 가야지.」

미스트랄은 노트를 덮으면서 말했다.

우리는 밖으로 나갔다. 마을 사람들이 온통 길에 나와 있었다. 거센 북풍이 휘몰아쳐 하늘을 깨끗이 청소해 놓았다. 하늘은 비에 젖은 붉은 지붕들 위에서 즐겁게 빛나고 있었다. 우리가 도착했을 때는 마침 경축 행렬이 다시 돌아오고 있었다. 한 시간 동안이나 계속되는 끝없는 행렬이었다. 백색, 청색, 회색의 모자 달린 외투를 입은 회개 신도들, 면사포를 쓴 처녀 신도단, 금꽃을 넣은 장밋빛 기치들, 네 사람이 어깨에 메고 가는 금질이 벗겨진 대성인들의 목상, 손에 커다란 꽃다발을 든 우상같이 채색된 자기 성녀상들, 법의, 성합, 초록색 비로드 천개, 흰 명주로 가장자리를 싼 십자가, 이 모든 것이 성가와 연도, 일제히 울리는 종소리 속에 큰 촛불과 햇빛을 받으며 바람에 물결치고 있었다.

행렬이 끝나고 성상이 성당 안에 안치되자, 우리는 투우를 보러 갔다. 그리고 프로방스의 여러 가지 즐거운 경축행사와 경기를 보았다.

우리가 마얀느에 다시 돌아왔을 때는 깜깜한 밤이었다. 미스트랄이 친구 지도르와 놀음하러 간다는 광장의 작은 카페 앞에는 벌써 경축의 불꽃이 타고 있었다. 파랑돌 춤이 시작되고 있었고, 종이를 오려서 만든 초롱이 사방 어둠 속에서 불을 켜고 있었다. 젊은이들이 자리를 잡고 섰다. 이윽고 북소리를 신호로 불꽃을 둘러싸고 미칠 듯

소란한 윤무가 시작되었다. 춤은 밤새 계속되는 것이다.

저녁식사를 한 후, 우리는 너무도 지쳐서 미스트랄의 방으로 올라갔다. 커다란 침대가 두 개 놓인 검소한 농부의 방이었다. 벽에는 벽지도 바르지 않았고 천장의 목재가 그대로 보였다.

4년 전의 일이었다. 한림원이 『미레유』의 저자에게 3천 프랑의 상금을 주었을 때 미스트랄 노부인께서 이런 건의를 했다.

「네 방의 벽과 천장을 바르면 어떻겠니?」

그러자 아들은 말했다.

「아뇨, 안 됩니다. 그건 시인들의 돈입니다. 그 돈을 쓸 수는 없어요.」

그리하여 그 방은 벽지를 바르지 않은 채로 있게 되었다. 그리고 그 시인들의 돈이 떨어지지 않고 있는 한 미스트랄은 자기를 찾아와서 도움을 청하는 사람들에게 언제나 선선히 돈을 내주었다.

나는 『칼랑달』의 시고(詩稿)를 방으로 가져와서, 자기 전에 한 구절을 다시 읽어 달라고 부탁하였다. 미스트랄은 도기의 삽화를 선택했다. 간단히 이야기하면 이렇다.

어느 큰 잔치에서였다. 식탁 위에 훌륭한 무스티에게 도기 한 벌이 나왔다. 접시마다 바닥에 푸른 에나멜로 프로방스를 소재로 한 그림이 한 폭씩 그려져 있었다. 이 지방의 역사가 온통 그 안에 들어 있었다. 또한 저 아름다운 도자기 그릇들 위에는 아주 정성 들여 쓴 글씨가 있다는 것을 알아야 한다. 희랍 시인 데오크리터스의 소품처럼 소박하고 박학한 노력으로 이루어진 많은 단편시들이 접시마다 한 구절씩 적혀 있었다.

4분의 3 이상이 라틴어였으며, 옛날에는 여왕님들이 사용하였으나 지금은 목동들만이 이해하고 있는 저 아름다운 프로방스어로 된 자기 시를 미스트랄이 읽고 있는 동안, 나는 속으로 감탄하며 폐허의 상태에서 향토의 단어를 다시 찾아 그가 이룩한 일을 생각하고, 알피유에서 볼 수 있는 것과 같은 보의 황족들의 고궁을 마음속에 그려보았다.

지붕도 없어지고, 층계의 난간도 없어지고, 창문의 유리도 없어지고, 아치의 클로버 장식도 깨지고, 문 위의 문장은 이끼로 덮쳐 있고, 궁전 뜰에는 암탉이 모이를 찾아 헤매고, 주랑의 아름다운 기둥들 아래에는 돼지들이 뒹굴고, 잡초가 무성한 성당 안에는 나귀가 풀을 뜯고 있고, 빗물이 괸 성수반에는 비둘기들이 와서 물을 마시고, 끝내는 이런 폐허 속에 두세 농부의 가족들이 측면에 오두막집을 세운 고궁.

그러던 어느 날, 농부의 집에서 태어난 아들이 저 장엄한 폐허에 마음이 끌려 그렇게 더럽혀진 것을 보고 분개한다.

그는 당장 가축을 궁전 밖으로 쫓아내고 천사들의 도움을 받아 혼자서 거대한 층계를 다시 세우고, 벽에 판지를 붙이고, 창문에 유리를 끼우고, 탑을 다시 일으켜 세우고, 옥좌가 놓인 방을 다시 황금으로 칠하고, 법왕과 황후들이 거처했던 옛날의 거대한 궁전을 일으켜 세웠다.

재건된 궁전, 그것은 프로방스의 언어이다.

농부의 아들, 그것은 미스트랄이다.

두 여인숙

7월 어느 오후, 님므에서 돌아오는 길이었다. 숨막힐 듯한 더위였다. 하늘에 가득한 뿌연 은빛의 밝은 햇살 아래, 작은 참나무와 올리브나무 동산 사이로 끝없이 뻗은 하얀 길에서 먼지가 일고 있었다. 한 점의 그늘도 한 줄기 바람도 없었다.

다만 무더운 대기의 진동과 미칠 듯이 시끄럽게 울어대는 빠른 박자의 음악처럼 매미소리만 들릴 뿐이었다. 마치 빛으로 가득 찬 드넓은 대기의 진동이 소리를 내고 있는 것 같았다. 나는 두 시간 전부터 사막 한복판을 걷고 있었다. 그러자 갑자기 눈앞에 하얀 인가의 집단이 도로의 먼지 속에서 나타났다. 그것은 생뱅상이라고 불리는 역참(역말을 갈아타던 곳)이었다. 농가가 대여섯 채 있었고, 붉은 지붕의 긴 곡간들이 있었으며, 앙상한 무화과나무 숲속에 물도 없는 물구유가 놓여 있었다. 동리 맨 끝 쪽에는 두 개의 여인숙이 있었는데, 길 양편에서 서로 마주보고 있었다.

근접해 있는 저 여인숙들은 무엇인가 사람의 마음을 잡아끄는 데가 있었다. 새로 지은 큰 건물은 생기와 활기로 가득 차 있었다. 문이란 문은 모두 활짝 열려 있었고 집 앞에는 합승 마차가 멈춰 있었으며, 마차에서 풀어놓은 말들 몸에서는 김이 솟아오르고 있었다. 마차에서 내린 승객들은 비좁은 벽 그늘 속에서 숨가쁘게 물을 마시고 있었다. 마당은 노새와 수레로 혼잡을 이루었고, 헛간 밑에는 리어카꾼들이 서늘해지기를 기다리며 누워 있었다. 집 안에서는 고함소리, 욕지거리, 주먹으로 식탁 치는 소리, 술잔이 부딪치는 소리, 당구치는소리, 레몬 수병의 병마개 튀는 소리, 그리고 이 온갖 소란스런 소리보다 한층 더 크게 들리는 흥겹고 요란스런 노랫소리가 유리창을 뒤흔들며 흘러나왔다.

아름다운 아가씨 마르고통은
아침 일찍 일어나
은주전자 손에 들고
샘터로 갔다네…….

이와 반대로 맞은편에 있는 여인숙은 너무나 고요하여 빈 집 같았다. 문턱에는 잡초가 돋아나고 덧문도 부서졌다. 문 위에는 온통 곰팡이로 덮인 작은 덩굴가지가 낡은 깃장식처럼 매달려 있었으며, 문턱의 계단은 길가의 돌로 받쳐 놓았다. 이 모든 것이 얼마나 누추하고 비참해 보였던지 그 집에 머물러 한잔한다는 것은 분명히 자선을 베푸는 거나 다를 바 없었다.

안으로 들어가니, 음산하고 쓸쓸한 긴 방이 있었다. 커튼도 없는 세 개의 큰 창문을 통해 들어오는 눈부신 햇빛은 방 안을 더욱 음산하고 쓸쓸하게 만들었다. 먼지가 앉아 뽀얗게 된 유리잔들이 흩어져 있는 다리 부러진 식탁들, 네 귀가 사발처럼 움푹 파인 천이 찢어진 당구대, 누렇게 된 소파, 낡은 카운터…… 이런 것들이 불결하고 찌는 듯한 열기 속에서 잠들어 있었다. 그리고 수많은 파리들! 이제까지 그처럼 많은 파리를 본 적이 없었다. 파리들은 천장에, 유리창 위에, 술잔 속에 떼를 지어 붙어 있었다. 내가 문을 열자 벌집에라도 들어간 것처럼 붕붕거렸다.

방 저쪽에 한 여인이 창가에 서서 열심히 밖을 바라보고 있었다. 나는 두 번이나 불렀다.

「이봐요, 주인 아주머니!」

여인은 천천히 뒤돌아보았다. 주름지고 살갗이 터진 흙빛의 촌스러운 여자의 애처로운 모습이 눈앞에 나타났다. 이 지방에서는 노파들이나 쓰는 갈래갈래 길게 늘어진 레이스에 싸여 있었다. 그러나 노파는 아니었다. 다만 너무나 운 탓으로 얼굴이 아주 찌들었을 뿐이었다.

「왜 그러세요?」

여인은 눈물을 닦으며 물었다.

「잠깐 앉아 무얼 좀 마실까 하는데요?」

여인은 알 수 없다는 듯이 자리에서 움직이지도 않고 놀란 눈으로 나를 쳐다보았다.

「이 집은 여인숙이 아닌가요?」

내가 다시금 묻자 여인은 한숨을 쉬며 말했다.

「여인숙은 여인숙이죠. 하지만 손님은 왜 다른 분들처럼 저 앞집으로 가지 않으세요? 그곳이 훨씬 즐거운데…….」

「내게는 지나치게 즐거운 곳이오. 이곳에서 쉬는 게 좋겠어요.」

나는 대답을 기다릴 것도 없이 식탁 앞에 가서 앉았다. 여인은 내가 진정으로 말하고 있다는 것을 알자, 서랍을 연다, 술병을 가져온다, 술잔을 닦는다, 파리를 쫓는다, 아주 분주하게 움직이기 시작했다. 손님을 접대한다는 것이 큰 사건이라도 되는 것 같았다. 가엾은 여인은 가끔 일손을 멈추고 도저히 잘 해낼 수 없을 것 같다는 듯이 생각에 잠겼다.

그러더니 여인은 구석에 있는 방으로 들어갔다. 큰 열쇠꾸러미를 덜거덕거리며 자물쇠를 따는 소리, 빵 넣어 두는 통을 뒤적거리는 소리, 입으로 후후 부는 소리, 먼지를 털며 접시를 닦는 소리가 들려왔다. 긴 한숨과 억제할 수 없이 터져나오는 흐느낌 소리도 간간이 들렸다.

15분 동안 이렇게 준비를 하더니, 여인은 한 접시의 건포도와 돌같이 딱딱한 묵은 빵과 싼 포도주 한 병을 내 앞에 갖다 놓았다.

「자, 드세요.」

신비로운 여인은 이렇게 말하더니 창문 앞으로 다시 돌아갔다.

나는 술을 마시면서 여인에게 말을 시켜 보려고 했다.

「아주머니, 이곳엔 손님이 별로 오지 않는가 보군요.」

「네, 한 사람도 오지 않아요. 이 고장에 우리 집만 있었을 때는 이렇지 않았죠. 이곳은 길목인 데다가 오리잡이 철이면 사냥꾼들이 와서 식사를 하였답니다. 1년 내내 마차가 끊이지 않았어요. 그러나 이웃 사람들이 이사오고 나서부터는 우리는 완전히 망하게 된 거지요. 손님들은 건너편 집을 더 좋아해요. 우리 집은 너무 쓸쓸하다는 거예요. 사실 이 집은 그다지 즐거운 곳이 못 되죠. 저는 얼굴도 못난 데다가 열병을 앓았어요. 두 딸년이 죽었답니다. 저쪽은 이와 반대로 웃음소리가 끊이지 않아요. 여인숙을 경영하는 사람이 아를르 여자랍니다. 레이스 달린 옷을 입고 목에는 금줄을 세 바퀴나 감은 예쁜 여자거든요. 역마차의 주인이 저 여자의 정부라서 마차를 그 쪽으로 대지요. 거기에다가 심부름하는 여자들도 애교가 많답니다. 그래서 단골손님들도 있어요. 브주스와 르데상과 종키예르의 젊은이들은 모두 그 여자의 단골 손님이죠. 리어카꾼도 그 여자한테 들르기 위해 길을 돌아간답니다. 우리 집엔 찾아오는 손님이 한 사람도 없으니, 이렇게 온종일 넋을 잃고 앉아 있는답니다.」

여인은 여전히 유리창에 이마를 기댄 채 넋을 잃은 사람처럼 냉담한 목소리로 이렇게 말했다. 맞은편 여인숙에는 무엇인가 그녀의 마음을 빼앗는 것이 분명히 있는 듯했다.

갑자기 길 건너편이 소란스러워졌다. 역마차가 먼지 속에서 흔들거렸다. 채찍소리가 나고 마부의 나팔소리가 울려왔다. 그러자 여자들이 문 앞으로 뛰어나오면서 소리쳤다.

「안녕히 가세요…… 안녕히 가세요…….」

이런 속에서 조금 전의 그 기막힌 목소리가 더욱 아름답게 다시 들렸다.

은주전자 손에 들고
샘터로 갔다네.
거기서 보았지
세 명의 기사가 오는 것을…….

이 소리를 듣자 주인 여자는 온몸을 바들바들 떨며 나를 향해 돌아섰다.

「들으셨죠? 우리 집 주인이랍니다. 노래를 잘 부르죠?」

여인은 나직한 목소리로 말했다.

나는 얼빠진 사람처럼 여인을 바라보았다.

「네? 주인양반이라구요! 그러면 그분도 저 집엘 가십니까?」

그러자 여인은 서글픈 듯이, 그러나 아주 낮은 목소리로 말했다.

「별수 있습니까? 남자들이란 모두 그런 걸요. 우는 꼴을 보기 좋아하는 사람이 어디 있겠어요. 저는 딸년들을 잃은 뒤로는 항상 울고 있거든요. 게다가 아무도 오지 않는 이 큰 집은 정말 쓸쓸하답니다. 그러니 가엾은 호세는 도저히 참을 수 없이 답답해질 때 건너편 집으로 가서 술을 마시지요. 그이는 목소리가 좋아서 아를르 여자가 노래를 시킨답니다. 쉿! 그이가 또 시작했어요.」

여인은 몸을 떨며 손을 앞으로 가져갔다. 굵은 눈물 방울이 여인을 더욱 추하게 만들었다. 여인은 창 앞에 서서 자기 남편 호세가 아를르 여자에게 들려주는 노랫소리를 황홀한 듯이 듣고 있었다.

첫 번째 기사가 말하였네.

'안녕하세요. 아리따운 아가씨여!'

빅시우의 손가방

파리를 떠나기 며칠 전, 10월의 어느 날 아침이었다. 아침식사를 하고 있는데 한 노인이 나를 찾아왔다. 흙이 묻은 남루한 옷에, 다리가 휘고 등이 굽은 그는 털 뽑힌 학처럼 긴 다리를 덜덜 떨고 있었다. 그는 빅시우였다. 파리 시민 여러분이 잘 아는 빅시우, 15년 전부터 풍자서와 희화로 그처럼 여러분을 기쁘게 해주던 지독한 풍자가, 잔인하고 매혹적인 빅시우였던 것이다. 아! 불행한 친구, 어쩌면 이다지도 비참하게 되었을까! 찌푸린 얼굴로 들어서지 않았던들, 나는 결코 그를 알아보지 못했을 것이다.

저 유명한 익살꾼은 머리를 어깨 위로 떨어뜨리고 지팡이를 클라리넷처럼 입에 물고 선 침울한 모습으로 방 한가운데까지 걸어오더니, 내 식탁 앞에 쓰러지듯이 주저앉으며 슬픈 목소리로 말했다.

「불쌍한 장님을 동정하십쇼…….」

어떻게나 흉내를 잘 내던지 나는 웃음을 참을 수가 없었다.

그러자 그는 정색을 하고 말하는 것이었다.

「내가 농담을 하는 줄 아는군…… 내 눈을 좀 보게나.」

그는 동자 없는 편자뿐인 커다란 두 눈을 나에게 돌렸다.

「나는 장님이 되었어, 영원히 보지 못하는 장님이……. 황산으로 글씨를 쓴 탓이지. 그놈의 일을 하다 눈을 데었다네. 그것도 속까지 바짝!」

그는 눈썹 한 올 남지 않게 타 버린 눈꺼풀을 내게 보이면서 이렇게 밀했다.

나는 하도 어이가 없어서 아무런 말도 못하였다. 내가 말을 안 하자 그는 궁금했던 모양이다.

「일을 하고 있나?」

「아니, 식사를 하고 있던 중이네. 빅시우, 자네도 좀 들겠나?」

그는 대답을 안했지만, 콧구멍이 벌름거리는 것이 몹시 먹고 싶은 표정이었다. 나는 그의 손을 잡아 테이블 가까이에 앉혔다.

식사가 준비되는 동안 저 가엾은 친구는 빙긋빙긋 웃으며 코를 벌름거렸다.

「모두가 근사한 것 같은데. 성찬을 먹게 되는 거 아닌가. 아침식사를 안 한 지도 꽤 오래되었군. 매일 아침 빵 한 덩이를 먹고는 관청으로 뛰어다녔다네. 알다시피 이제는 관청을 뛰어다니는 것이 거의 직

업이 되었어. 담뱃가게를 하나 내 보려고 하네. 어떡하겠나! 먹고살
아야 하니. 이제는 그림도 못 그리지, 글씨도 못 쓰지…… 받아쓰게
한다구? 하지만 무엇을? 머릿속이 텅 비어 있는걸. 이제는 글 한 줄도
못 쓴다네. 파리의 표정을 보는 것도 이제는 속수무책이라네. 그래서
담뱃가게를 생각해 낸 거지. 물론 번화가에 차린다는 것은 아니야.
댄서의 어머니도 아니요, 장교의 미망인도 아니니 그런 특혜를 받을
자격이 어디 있겠나. 그저 시골 어느 곳 아주 먼 보즈 구석에라도 조
그만 가게 하나를 얻어 보려는 것이지. 그때는 튼튼한 은제 파이프를
물고, 에르크만─샤트리앙의 작품에서 나오는 한스라든가 제베데라
고 이름을 바꾸려고 하네. 그리고 현역 작가들의 작품으로 담배봉투
를 만들며, 글 못 쓰는 마음을 위로할 것이네.

  내가 바라는 것은 이것뿐이야. 그리 대단한 것은 아니지? 그런데
빌어먹을. 그게 성사가 되지 않는군. 하긴 나에게도 후원자가 있을
법한데……. 전에는 인기가 참 좋았지. 장군들, 귀족들, 장관들이 만
찬에 초대해 주었고. 이 사람들이 나를 초대해 준 것은 모두 내가 무
서웠거나 재미있었기 때문이었어. 이제는 아무도 나를 무서워할 사
람이 없지. 아! 이놈의 눈, 이 비참한 눈 때문이라네. 나를 초대하는
사람은 아무도 없어. 식탁에 눈먼 꼴로 앉아있기란 참으로 비참한 노
릇이라네. 빵 좀 집어 주겠나. 아! 도적놈들, 이 불쌍한 늙은이가 담
뱃가게 하나 내려는데 너무들 한단 말이야. 나는 6개월 전부터 신청
서를 들고 관청에서 관청으로 돌아다니고 있다네. 아침에는 직원들

이 난로에 불을 피우고 광장의 모래 위에서 장관 각하의 말을 한 바퀴 돌릴 때 찾아가서, 커다란 램프가 들어오고 식당에서 구수한 냄새가 풍겨나오기 시작할 때나 되어야 돌아온다네. 나는 대기실 나무상자 위에서 살다시피 하고 있네. 그래서 수위들은 나를 잘 알지. 내무성에서는 나를 '사람 좋은 아저씨'라고 부른다네. 나도 그들의 도움을 받아볼까 해서 재미있는 이야기를 들려주기도 하고 압지 한쪽에 커다란 콧수염을 그려 그들을 웃기기도 한다네. 20년의 요란한 성공의 결과가 이렇다네. 이것이 예술가의 말로야. 그런데도 프랑스 안에는 이런 직업을 침을 흘려가며 부러워하는 풋나기들이 수천 명이나 되며, 각 지방에서는 열차가 문학과 필명에 굶주린 바보들을 무더기로 실어 나르기 위해서 열을 내고 있으니 한심한 일이 아닌가! 아, 한심한 촌놈들! 이 빅시우의 비참한 꼴이 교훈이라도 될 수 있으면 좋으련만!」

이렇게 말하더니 그는 접시에 코를 박고 정신없이 먹기 시작하는 것이었다. 말 한마디 없었다. 보기에 딱할 정도였다. 번번이 빵과 포크를 못 찾는가 하면 술잔을 찾느라고 손을 더듬거렸다. 가엾은 친구! 아직도 서툴렀다.

잠시 후 그는 다시 입을 열었다.

「나에게는 더욱 끔찍한 일이 또 한 가지 있는데 무엇인지 알겠나? 그것은 신문을 볼 수 없다는 거라네. 신문업에 종사해 보지 않은 사람이라면 이해할 수가 없지. 저녁때 집에 돌아올 때면 나는 가끔 신문을 한 장 산다네. 새로운 뉴스와 축축한 신문지 냄새라도 맡기 위해서. 그러면 마음이 흐뭇해진다네. 그러나 그것을 읽어 줄 사람은 아무도 없어. 아내가 충분히 해줄 수 있을 텐데 싫다고 하거든. 3면 기사 중에 점잖지 못한 사건들이 눈에 띄기 때문이라나. 아! 과거에 정부 노릇이나 하던 여자들이란 일단 결혼만 하게 되면 다른 여자들보다 더 정숙한 체하는 게 보통이지. 빅시우 부인이 된 후로 그 여자는 독실한 신자, 그것도 극단적인 신자가 되어야겠다고 생각한 모양이야! 그 여자는 살레트 산의 성수를 떠다 내 눈을 씻어 주려고 하지를 않나. 성찬의 빵이다, 의연금이다, 고아원이다, 중국 어린이들을 위해 돈을 낸다. 그 여자의 선행은 끝이 없다네. 우리는 할 만큼 했어. 그러나 나에게 신문을 읽어 주는 것도 선행일 텐데 그 여자는 싫다고 하는 거야. 딸년이 집에 있었다면 그애가 읽어 줄 터인데, 내가 장님이 된 후 한 식구라도 덜려고 나는 그애를 노트르담 데 사르에 넣어 버렸지.

그래도 그 애는 나의 유일한 기쁨이라네. 그 애는 세상에 태어난 지 9년도 못 되는데 병이란 병은 다 앓고 말았어. 그래서 침울하고…… 추하고…… 어쩌면 괴물이 된 나보다도 더 추하게 생겼다네. 하는 수 있나! 나는 풍자화밖에는 그릴 줄 몰랐으니…… 이런 집안 이야기를 다 하다니…… 자네에겐 관계도 없는 이야기가 아닌가? 자, 술이나 좀더 주게나. 일을 해야지. 여기에서 나가면 문부성으로 가야 한다네. 그곳 수위들은 다루기가 힘들어. 그들은 모두 전직 교사들이라네.」

나는 브랜디를 그의 잔에 따라 주었다. 그는 기분이 좋은 듯이 천천히 마시기 시작했다.

갑자기 그는 무슨 생각을 하였는지 손에 잔을 들고 벌떡 일어나더니, 잠시 동안 눈먼 독사같이 머리를 흔들면서, 막 이야기를 시작하려는 사회자처럼 상냥한 미소를 지었다. 그리고는 마치 2백 명의 회식자(會食者)들을 향해 연설이라도 하듯 카랑카랑한 음성으로 말했다.

「예술을 위하여! 문학을 위하여! 신문을 위하여!」

그는 이렇게 축배를 들며 10분 간 즉흥연실을 하였다. 그것은 저 익살꾼의 머릿속에서 나온 연설 중 가장 어이없고 기발한 것이었다.

'186×년의 문단 가도'라고 표제가 붙은 연말 간행잡지를 상상해 보라. 소위 문학 집회, 문단 풍문, 논쟁, 비정상적인 인간들 사이에서 일어나는 여러 가지 우스꽝스런 이야기들, 저속한 문인, 서로 목을 비틀고 창자를 움켜쥐고 서로 약탈하며, 상계보다도 더 이해 타산을 따지는데도 불구하고 굶어죽는 자가 그 어느 곳보다도 많은 비열한 지옥 속. 이 모든 비겁한 행위와 온갖 궁핍한 모습을 상상해 보라. 그리고 청색 연미복을 입고 튈르리 궁전으로 구경하러 간 통볼라의 T……남작 영감, 한 해 동안 죽은 문인들, 자기의 위업을 선전하는 장례식, 자기의 장례비도 마련해 놓지 못한 가엾은 인간에게 바쳐지는 한결같은 우인 대표의 추도사 「오호라! 슬프다! 정다운 벗이여!」 자살한 문인들, 미치광이가 된 문인들, 이런 여러 가지 일들이 한 천재 재롱꾼에 의해 손짓발짓을 하며 상세히 이야기되는 것을 상상해 보라. 그러면 빅시우의 즉흥연설이 어떤 것이었나 짐작이 갈 것이다.

건배가 끝나고 잔을 비우더니, 그는 내게 시간을 묻고는 화난 것처럼 인사도 없이 사라졌다. 뒤뛰 장관의 수위들이 그날 아침 찾아간 그를 어떻게 대했는지 나는 모른다. 그러나 저 지독한 장님이 떠난 후보다 더 우울하고 기분이 나빴던 적은 일찍이 없었다. 잉크만 보아도 구역질이 나고 펜만 보아도 몸서리가 쳐졌다. 나는 먼 곳으로 달려가 수목들을 보거나, 무엇이든 상쾌한 기분을 맛보고 싶었다. 원, 빌어먹을 녀석, 그렇게 저주하며 침을 뱉어 온통 더럽혀 놓아야 시원할까! 아, 불쌍한 인간…… 나는 화가 나서 방 안을 성큼성큼 거닐었다. 딸 이야기를 할 때의 불쾌한 냉소가 아직도 내 귀에 들리는 것만 같았다.

갑자기 그가 앉았던 의자 옆에 무엇인가 굴러다니고 있는 것이 나의 발에 느껴졌다. 허리를 굽히고 보니 그의 손가방이었다. 네 귀가 해져 반들반들한 두툼한 손가방이다. 그는 이것을 잠시도 놓고 다니는 법이 없었으며, 농담으로 독주머니라고 일컬었다. 이것은 우리들 사이에서 지라르댕 씨의 유명한 종이 가방만큼이나 유명했다. 그 속에는 무시무시한 것이 들어 있을 것이라고 소문이 났다. 사실인가 확

인해 보기에는 절호의 기회였다. 낡은 손가방은 너무나 불룩하여 떨어지면서 열려져 있었다. 속에 들어 있던 종이들이 온통 카펫 위로 굴러나왔다. 나는 그것을 하나씩 주워 모았다.

꽃무늬 종이에 쓴 한 다발의 편지였다. 모두 '그리운 아버지'로 시작했으며, '마리아 회원! 셀린느 빅시우'라고 서명되어 있었다.

그리고 또한 소아의 질병에 대한 오래된 처방서. 후두염, 광란, 성홍열, 홍역 등등(가엾은 딸애는 앓아 보지 않은 병이 하나도 없었다!).

마지막으로 봉한 커다란 봉투가 나왔다. 봉투에서는 소녀애들의 노자에서 삐어져 나오는 듯, 아주 곱슬곱슬하고 노란 머리카락이 두셋 밖으로 나와 있었다. 봉투 위에는 떨린 굵은 글씨, 장님의 필체로 이런 말이 적혀 있었다.

'셀린느의 머리카락, 수도원에 들어간 5월 13일 자름.'

빅시우의 손가방에 들어 있었던 것은 이뿐이었다.

그런데 파리의 친구들이여, 당신들은 모두 이와 같다.

불만, 아이러니, 악마적인 냉소, 지독한 허풍, 그리고 마지막으로는……'5월 13일에 잘린 셀린느의 머리카락'.

고세 신부의 불로장생주

「자, 드세요. 정말 놀라실 겁니다.」

한 방울 한 방울, 마치 진주를 세는 보석공처럼 세심한 주의를 기울이며 그라보송 사제는 황금빛으로 빛나는 향기 그윽한 초록빛의 따뜻한 액체를 나에게 조금 따라 주었다. 그것으로 나의 위장은 아주 만족했다.

「고세 신부의 불로장생주랍니다. 우리 프로방스의 활력이요, 기쁨이지요.」

사람 좋은 사제는 자랑스러운 듯이 나에게 이렇게 말했다.

「당신의 풍차방앗간에서 20리 떨어진 프레몽트레 수도원에서 만들고 있답니다. 이 세상의 좋은 술을 다 합해도 이것만은 못하겠죠? 또 이 술의 유래가 아주 재미있는데 들어보시겠습니까?」

그리고는 아주 솔직하게 아무런 악의도 없이, 십자가를 짊어진 그리스도를 그린 작은 그림들이 걸려 있고 백의처럼 **빳빳**하고 깨끗한 고운 커튼이 드리워 있는 소박하고 조용한 사제의 저택 식당 안에서, 사제는 좀 회의적이며 불경스런 이야기를 에라스무스나 다스시식으로 시작하였다.

20년 전, 프로방스 사람들이 백의 신부라고 부르기도 한 프레몽트레의 수도사들은 일대 곤경에 빠졌다. 그 시절의 수도원을 보았다면 가슴아파했을 것이다.

커다란 벽도 파콤탑도 허물어서 갔다. 수도원 주위에는 온갖 풀들이 무성했고, 작은 기둥들은 갈라지고 벽장 속에 모셔놓은 성인의 석상들은 금이 생겨 갈라졌다. 창문이며 문짝이라고 제대로 붙어 있는 것이 하나도 없다.

안뜰이나 예배당 안으로 론느 강에서 불어오는 바람이 카마르그 지방을 휩쓸듯이 불어와 촛불을 꺼뜨리고 유리창의 납 장식을 부숴놓고 성수반의 물을 쏟았다. 그러나 무엇보다도 슬픈 것은 텅 빈 비둘기집처럼 고요한 수도원의 종루였다. 신부들은 종을 살 돈이 없어 아침기도 시간을 알리기 위해 은행나무를 딱딱 쳐야만 했다.

가엾은 백의 신부들! 지금도 눈앞에 보이는 듯하다. 수박과 시트르만 먹고 사는 창백하게 여윈 그들이 남루한 외투를 입고 슬프게 줄을 지어 벗겨진 지팡이와 좀이 슨 쥔 양털모자를 햇빛에 드러내놓기가 부끄러워 고개를 떨어뜨린 채 걸어오고 있다. 줄지어 늘어선 신도단의 부인들은 불쌍한 수도사들을 손가락질하며 아주 낮은 목소리로 자기네끼리 비웃고 있다.

「찌르레기는 떼를 지어 가면 여위는 법이지.」

사실 저 불행한 백의 신부들은 여기저기로 제가끔 흩어져서 식량을 구하는 것이 더 낫지 않을까 생각해 볼 정도였다.

그래서 어느 날 이 중대한 문제가 참사회에서 논의되었다. 그때 고셰 수도사가 회의석상에 나와 자기 의견을 말하고 싶다고 했다. 참고로 알려줘야 하겠지만 고셰 수도사는 수도원의 소지기였다.

그는 포석들 틈으로 자라난 풀을 찾는 비쩍 마른 젖소 두 마리를 몰고 회랑의 통로를 돌아다니며 하루하루를 보내고 있었다. 저 불행한 목동은 열두 살까지 베공 아주머니라고 불리는 보 지방의 미치광이 노파의 손에서 자랐으며, 그 후에는 수도사들이 맡아서 키웠기 때문에 주기도문을 외우고 짐승을 기르는 것 외에는 아무것도 몰랐다. 그것은 그의 머리가 무딘 칼처럼 어리석은 탓이었다. 그러나 그는 약간 공상가이긴 했지만 열렬한 기독교 신자여서, 기꺼이 고행대를 업고 굳은 신념으로 규칙을 지켰으며 열심히 일했다.

단순하고 어리석은 그가 회의실로 뛰어들어와 한 발을 뒤로하고 회원들에게 인사하는 것을 보자, 원장도 참사회원들도 재무관도 모두 웃어 버렸다. 약간 얼빠진 듯한 시선과 염소수염을 단 머리가 희끗희끗 센 선한 얼굴이 나타나기만 하면 어디서나 발생하는 현상이었으므로 고세 수도사는 놀라지 않았다.

「여러분.」

그는 올리브 열매로 만든 묵주를 만지작거리면서 선량한 음성으로
말했다.

「속이 빈 통일수록 소리가 잘 난다고 한 말은 옳은 말입니다. 생각
해 보세요, 제 텅 빈 머리통을 짜내어 우리 모두의 고통을 없앨 방법
을 찾아냈다는 사실을. 방법이란 이런 것입니다. 어렸을 때 저를 길
러 준 베공 아주머니를 여러분도 잘 아시겠죠. (주여, 술을 마시고는
음탕한 노래를 많이 부른 저 가엾은 노파의 영혼을 지켜주소서) 자,
제 말을 들어 보세요. 베공 아주머니는 살아 있을 때, 코르시카의 티
티새만큼, 아니, 그 이상으로 약초에 대해서 잘 알고 있었답니다. 그
뿐만 아니라 그녀는 죽기 직전에 알피유 산에 함께 가서 캐온 약초를
대여섯 가지 섞어서 불로장생주를 만들었죠. 벌써 수십 년 전 일입니
다만, 성 어거스틴의 도움과 원장님의 허락만 있으시면 잘 연구하여
불가사의한 불로장생주의 제조법을 알아낼 수 있을 것 같습니다. 그
러면 그것을 병에 넣어 좀 비싸게 팔기만 하면 되는 거죠. 결국 우리
수도단도 트라프나 그랑드의 수도자들처럼 쉽사리 돈을 벌 수가 있
게 될 것입니다…….」

그가 이야기를 마치자 원장은 자리에서 일어나더니 그의 목을 끌
어안았다. 참사회원들은 그의 손을 붙잡았다. 재무관은 누구보다도
감동하여 다 해진 그의 외투깃에 경건히 입을 맞추었다. 그리고서는

모두 다시 제자리로 돌아가 회의를 계속했다. 참사회에서는, 고셰 수도사는 불로장생주 제조에 전심전력해야 하므로 젖소들은 트라시빌 수도사에게 맡기기로 결정했다.

저 선량한 수도사가 베공 아주머니의 술 제조법을 알아내기 위해 얼마나 애썼으며, 얼마나 많은 밤을 지새웠는지에 관한 이야기는 전해지지 않고 있다. 다만 확실한 것은 6개월이 지나자, 백의 신부들의 불로장생주는 벌써 세상에 널리 알려졌다는 사실이다. 아비뇽 지방이나 아를르 지방 어디서나 광 속에 포도주병과 올리브 장아찌 항아리 사이에 프로방스의 문장이 찍혔고, 황홀경에 잠긴 수도승의 그림이 박힌 은 레텔이 붙은 갈색의 조그만 토기병이 없는 농가는 하나도 없다. 불로장생주가 널리 알려지자 프레몽트레 수도원은 갑자기 부자가 되었다. 파콤탑을 다시 세우고 원장은 새 모자를 쓰게 되었으며 교회당에는 아름답게 세공을 한 색유리를 끼웠다. 그리고 곱게 치장을 한 종탑에서는 부활절 아침에 크고 작은 종들이 일제히 울렸다.

촌스러워 회의석을 그렇게도 웃게 만들던 가엾은 평수도사 고셰 신부로 말하면, 이제는 그런 것이 수도원 안에서는 문제가 되지 않으며, 박식하고 똑똑한 고셰 신부님으로 통하게 되었다.

그는 수도원의 복잡하고 자질구레한 일에서는 완전히 벗어나 온종일 그의 주조장 안에 처박혀서 살았다. 한편 30명의 수도사들은 그에게 갖다 줄 약초를 찾기 위해 산을 헤매고 다녔다.

원장까지도 출입이 금지된 주조장은 정원 맨 끝에 있는, 예배당이었던 황폐한 건물이었다. 단순하고 선량한 신부들은 무엇인가 신비스럽고 무시무시한 것이 있다고 믿게 되었다. 간혹 대담하고 호기심 많은 나이 어린 수도사들이 벽을 타고 뻗어 올라간 포도 덩굴을 잡고 현관의 장미형 창문까지 올라갔다가도 화덕 위에 몸을 굽히고 있는 고셰 신부의 모습을 보고는 놀라서 그대로 땅에 굴러 떨어지고 말았다. 고셰 신부는 마술사처럼 수염을 기르고 있었고, 손에는 저울을 들고 있었다. 그리고 그의 주위에는 붉은 사암으로 만든 증류기와 거대한 증류관, 수정으로 만든 뱀 모양의 관 등 괴이한 것들로 가득 흩어져 있었으며, 유리창을 통해 들어오는 붉은 광선 속에서 신비스럽게 불타고 있는 것 같았다.

　　저녁 종소리가 울리고 해가 질 무렵이면 저 신비스런 곳의 문이 조용히 열리고 고셰 신부는 저녁미사에 참석하기 위해 성당으로 갔다. 그가 수도원을 지나갈 때 환영받는 모습은 정말 볼 만했다. 수도사들은 그가 지나가는 통로에 일렬로 서 있었다.

　　「쉿! 비법을 알고 있는 분이셔!」

　　재무관은 그의 뒤를 따라가며 고개를 숙이고 이야기를 하고 있었다. 이와 같이 아첨하는 사람들 속을 신부는 차양이 넓은 삼각모를 후광처럼 등뒤에 붙이고 이마를 닦으면서 걸어갔다. 그는 오렌지나무를 심은 뜰과 새 바람개비가 돌아가고 있는 푸른 지붕, 희게 빛나는 수도원 안의 꽃으로 단장된 아름다운 원주들 사이에서 새 옷을 입은 참사회원들이 둘씩 짝 지어서 평화스러운 얼굴로 걸어가고 있는 모습을 흡족한 표정으로 둘러보았다.

'저것이 모두 내 덕분이지!'

고셰 신부는 마음속으로 이렇게 생각했다. 그리하여 이런 생각을 하게 될 때마다 교만한 마음을 갖게 되었다. 가엾게도 그는 그 때문에 벌을 받게 되었다. 자, 들어보시라.

어느 날 저녁, 미사가 진행되고 있는데 그가 극도로 흥분하여 성당에 들어온 것을 상상할 수 있겠는가? 두건을 비뚤게 쓰고 얼굴이 벌겋게 되어 헐레벌떡 들어와서는 성수에 소매를 팔꿈치까지 적셨다. 처음에는 늦어서 당황한 것이라고 생각했다. 그러나 그가 제단에 절을 하는 대신 풍금과 설교대를 향해 큰절을 하고는, 쏜살같이 성당을 가로질러 안으로 들어가더니 자기 자리를 못 찾아 5분 동안이나 서성댄 후 자리에 앉자마자 태평스럽게 미소를 지으며 머리를 좌우로 흔드는 것을 보고는 여기저기서 수군대는 소리가 일어났다. 속삭임은 신자에게 번져 갔다.

「고셰 신부가 웬일이야? ……고셰 신부가 웬일일까?」

화가 난 원장은 조용히 하라는 지시로 두 번이나 지팡이로 돌바닥을 두들겼다. 저쪽 성가대에서는 성가가 계속되고 있었지만, 합창하는 소리에는 힘이 빠져 있었다.

한참 아래 베룸을 부르고 있는 중에 갑자기 고셰 신부가 자리에서 넘어지더니 우렁찬 목소리로 노래를 부르기 시작했다.

백의 신부가 한 사람 파리에 있었는데
파타텡 파타탕, 파타라벵 타라방.

모두 깜짝 놀라 자리에서 일어났다. 누군가 이렇게 소리쳤다.
「끌어내! 귀신이 들렸어!」
참사원들은 성호를 그었고, 원장은 지팡이를 흔들었다. 그러나 고세 신부에게는 아무것도 보이지 않았고, 아무것도 들리지 않았다. 힘센 두 사람의 도사가 그를 직은 뒷문으로 끌어내야만 했다. 그는 마귀를 쫓아내는 사람처럼 몸을 뒤틀며 더욱 큰소리로 파타텡, 타라방을 계속하고 있었다.

다음날 새벽, 불쌍한 고세 신부는 원장의 기도실에서 무릎을 꿇고 눈물을 비오듯 흘리며 참회하고 있었다.
「모두 술 탓이죠. 원장님, 절 농락한 건 저 술이랍니다.」
그는 가슴을 치면서 말했다.
그가 그처럼 뉘우치고 참회하는 것을 보자 원장님도 몹시 감동되었다.
「자, 자, 고세 신부, 진정하시오. 그건 모두 해가 뜨면 이슬이 없어지듯 사라질 것이오……. 당신이 생각하는 것처럼 그렇게 큰 실수는 아니오. 노래가 좀 무엇하지만, 흠! 흠, 요컨대 초심자들의 귀에는 들어가지 말아야겠는데. 자, 이젠 어떻게 그런 일이 생기게 되었는지 이야기해 보시오. 술을 시음한다는 것이 너무 지나친 거겠죠? 암, 암, 그럴 거야. 화약의 발명자 슈바르츠 신부처럼 당신도 당신의 발명품에 피해를 입은 겁니다. 이야기 좀 해보시오. 저 끔찍한 술을 당신 자신이 시음하지 않으면 안 되는 것인지.」

「불행하게도 그렇습니다. 시험관은 술의 강도와 배합량을 잘 맞추어 줍니다만, 감미로운 맛을 내게 하려면 제 혀를 빌리는 수밖에 없습니다.」

「아! 좋아요. 하지만 내 말을 좀 더 들어 보시오. 당신이 할 수 없이 술을 맛보게 되는데 그 맛이 좋다고 생각됩니까? 술을 마시면 기분이 좋아집니까?」

「아아! 그렇습니다.」

가엾은 신부는 얼굴이 빨개지며 대답했다.

「지난 이틀 밤, 그 맛과 향기가 기막혔습니다. 나를 이렇게 농락하는 것은 틀림없이 악마의 수작입니다. 그래서 앞으로는 절대로 시험관 외에는 쓰지 않을 작정입니다. 술의 맛이 좋지 않고 진주 방울이 일지 않아도 할 수 없죠.」

원장은 급히 말을 가로막았다.

「좀 신중히 생각해 보시오. 고객의 기분을 상하게 해서야 안 되지요. 전례가 있는 당신으로서 지금 당장 해야 할 것이란 스스로 조심하는 것일 게요. 얼마 정도면 감별할 수가 있나요? 열다섯? 아니면 스무 방울이면 되겠죠? 스무 방울로 정합시다. 스무 방울로 마귀가 당신을 사로잡는다면 그건 보통 마귀가 아닐 게요. 또한 사고를 미연에 방지하는 의미에서 앞으로는 성당에 오지 않아도 좋소. 저녁기도를 주조장 안에서 하시오. 자, 이젠 안심하시오. 그리고 특히 술방울을 잘 세도록 하시오.」

아아! 가엾은 신부는 술방울을 아무리 잘 세려 해도 소용이 없었다. 악마는 그를 붙잡고 놓아 주지 않았다.

주조장에서는 기괴한 기도가 들려오는 것이었다.

낮에는 그내로 아무 일 없이 시나갔다. 신부는 아주 소용히 풍로와 증류기를 준비해 놓고, 연한 것, 회색 빛깔인 것, 톱니 모양인 것, 햇빛에 잘 마르고 향기로운 것, 이런 온갖 프로방스의 약초들을 정성들여 골라 놓았다. 그러나 저녁이 되어 약초가 달여지고 붉은 구리로 만든 큰 냄비 속에서 술이 따뜻해지기 시작하면 저 가엾은 신부의 수난이 시작되는 것이었다.

「……열일곱…… 열여덟…… 열아홉…… 스물…….」

술방울은 유리관으로부터 도금한 컵 속으로 떨어졌다. 스무 방울을 신부는 단숨에 마셨다. 별로 기분이 상쾌하지 않았다. 한 방울만 더 마시고 싶었다. 아! 저 스물한 번째의 술방울! 그리하여 그는 유혹에서 벗어나려고 주조실의 맨 끝으로 가서, 무릎을 꿇고 열심히 기도를 했다.

그러나 아직도 따끈한 술에서 피어오르는 향기 짙은 수증기는 그의 주의를 맴돌며, 좋든 싫든 그를 냄비 있는 곳으로 이끌고 갔다. 금녹색 액체 위에 몸을 굽히고 콧구멍을 벌린 채 신부는 유리관으로 가만히 휘저었다. 사금이 반짝이고 있는 것 같은 에메랄드의 액체 속에서 자기를 쳐다보며 웃고 있는 베공 아주머니의 빛나는 눈이 보이는 것 같았다.

「자, 한 방울만 더 마시렴.」

한 방울, 또 한 방울……. 불행한 사나이는 컵에 가득히 붓고 말았다. 그리고는 맥이 빠져 안락의자 위에 쓰러졌다. 몸을 내팽개친 채 눈을 지긋이 감은 고세 신부는 기분 좋은 회오에 사로잡혀 자기의 죄를 조금씩조금씩 맛보며 낮은 목소리로 이렇게 중얼거렸다.

「아! 나는 지옥에 떨어진 몸이다……. 나는 지옥에 떨어진 몸이야…….」

무엇보다도 지독한 것은 저 마법의 술 속에서 그는 어떤 요술에 홀려서인지는 몰라도 베공 아주머니가 부르던 저속한 노래를 모두 다시 찾아낸 것이다.

「작은 아주머니들 셋이 주연을 벌이려는 공론…….」

「앙드레 아저씨네 베르즈레트 혼자 숲으로 갔네…….」

그리고 언제나 빼놓지 않는 백의 신부들의 '파타텡, 파타탕' 이런 노래들이었다.

이튿날 옆방의 친구들이 심술궂은 표정을 하고 「어이, 고세 신부,

어제 저녁 잘 때, 자네 머릿속으로 매미들이 들어갔었나봐」고 말할 때 그가 얼마나 난처했겠나 생각해 보라.

그래서 그는 눈물을 흘리며 자포자기의 심정이 되어 단식을 했다. 고행복을 입고는 엄격한 규율을 지켰다. 그러나 도저히 술의 유혹을 당해 낼 수는 없었다. 매일 저녁 같은 시간이면 악마가 다시 그를 사로잡는 것이었다.

그러는 사이 주문은 주의 축복인 양 쇄도하였다. 님므에서, 엑스에서, 아비뇽에서, 마르세유에서……. 수도원은 나날이 공장처럼 되었다. 짐을 포장하는 수도사, 쪽지를 붙이는 수도사, 글을 쓰는 수도사, 짐을 운반하는 수도사가 있게 되있다. 신을 심기는 일이 소홀해져 종소리가 들리지 않을 때도 있었다. 그러나 단언하거니와 이 지방의 가난한 사람들은 아무것도 손해보지 않았다.

그런데 어느 날씨 좋은 일요일 아침, 재무관이 1년 간의 결산을 참사회원들이 모인 가운데 낭독하고 있고, 어진 참사회원들은 빛나는 눈으로 입가에 미소를 지으며 그의 말을 듣고 있을 때, 난데없이 고세 신부가 회의 한복판으로 뛰어 들어오더니 소리쳤다.

「그만두겠소. 더는 못하겠소. 젖소를 돌려주시오.」

「아니, 왜 그러시오? 고세 신부!」

사건을 다소 짐작하고 있던 원장이 질문했다.

「왜냐구요? 원장님, 저는 지금 영원한 지옥의 불길 속에 떨어져 쇠갈퀴에 찍힐 짓을 하고 있어요. 술을 마시거든요. 주정뱅이처럼 술을 마십니다.」

「아니, 내가 절제하라고 이르지 않았소?」

「아, 그렇구말구요. 한 방울 한 방울 세면서 마셨답니다. 그러나 지금은 한 잔 한 잔 세면서 마셔야 한답니다. 그렇습니다. 원장님, 저는 이 꼴이 되고 말았습니다. 저녁때마다 세 병은 마셔야 합니다……. 이런 상태가 계속되어서야 되겠습니까? 그러니 누구 원하는 사람에게 술을 만들게 하십시오. 제가 계속해야 한다면 차라리 벼락을 맞게 하십시오.」

이제는 웃는 사람이 한 사람도 없었다.

「하지만 딱한 사람아, 당신은 우릴 망쳐 놓을 셈이오?」

재무관은 장부를 흔들며 소리쳤다.

「당신은 내가 지옥에 떨어져야 좋겠소?」

그때 원장이 자리에서 일어났다.

「여러분, 다 해결할 수 있는 방법이 있습니다. 악마가 당신을 유혹하는 것은 밤이 아니오?」

원장은 반지가 번쩍거리는 하얀 손을 뻗으며 말했다.

「원장님, 그렇습니다. 매일 한결같이 저녁입니다. 그래서 이제는 밤이 되기만 하면 카피투의 당나귀가 짐을 볼 때처럼 진땀이 난답니다.」

「그러면 안심하시오. 앞으로는 매일 저녁 미사 올릴 때 우리는 당신을 위해 관용으로 가득 찬 성 어거스틴의 기도문을 욀 것이오. 그러면 당신에게 어떤 일이 있어도 안심할 수 있어요. 그 기도문을 외고 있으면 죄를 짓고 있어도 용서를 받을 수 있으니까요.」

「아, 그렇습니까! 원장님, 감사합니다!」

고셰 신부는 그 이상 더 묻지도 않고 종달새처럼 가벼운 증류관 곁으로 다시 돌아갔다.

그때부터 정말로 매일 저녁 미사가 끝나면 사제는 꼭 이렇게 말하는 것이었다.

「우리 수도원을 위해 자신의 영혼을 희생하고 있는 가련한 고셰 신부를 위해 기도합시다. 오레무스 도미네…….」

어두운 본당 안에 무릎을 꿇고 있는 신도들의 하얀 두건들 위로 기도 소리가 눈 위를 스쳐가는 바람처럼 떨리며 지나갈 때, 저쪽 수도원의 맨 끝 쪽, 주조소의 불켜진 유리창 너머에서는 고셰 신부의 시끄러운 노랫소리가 들려 왔다.

　백의 신부가 한 사람 파리에 있었는데
　파타텡 파타탕, 파타라벵 타라방.
　백의 신부가 한 사람 파리에 있었는데
　귀여운 수녀들을 춤추게 하고
　트렝, 트렝, 트렝, 정원 속에서
　춤추게 하고…….

……여기에서 그라브송 사제는 아주 두렵다는 듯이 이야기를 멈추고 이렇게 말했다.

「이를 어쩌나! 교구의 신도들이 알면 큰일인데!」

쇼뱅의 죽음

내가 처음 그 사나이를 만난 것은 8월의 어느 일요일 기차 속에서
인데, 당시 서보(西晋)사건이라 불리웠던 사건이 일어났던 초엽이었
다. 그때까지 나는 그를 한 번도 본 적이 없었지만 곧 그를 알아볼 수
가 있었다. 키는 훤칠하고 바짝 마르고 머리는 반백이었으며 얼굴은
붉고 매부리코에 둥그런 눈에는 언제나 노기가 서려 있었다. 그는 한
편 구석에 앉아 있는 훈장을 단 신사에게만 친절했다. 이마는 얕고
좁아 고집쟁이처럼 보였다. 같은 생각이 같은 장소에서 쉴새없이 작
용하는 까닭에 굵은 주름살이 하나 생긴 듯한 그러한 이마였다. 그의
태도에는 순진하며 아직도 군국주의적인 면이 있었으나 무엇보다도
'프랑스 국', '프랑스 기(旗)……' 라고 혀를 굴리며 r자를 발음
하는 지독한 모양을 보고 나는 '쇼뱅이로구나!' 라고 생각했다.

틀림없이 쇼뱅이었다. 단장을 휘두르고 주정뱅이처럼 남의 말은 듣지도 않고 맹목적이며 난폭한 미치광이처럼 목소리를 높이고 제스처를 쓰고 손에 쥔 신문으로 프러시아 군대를 쳐부수고 베를린으로 행진해 들어가는 판에 박은 쇼뱅이었다. 조금이라도 주저한다든가 화해를 해서는 안 된다. 전쟁이 있을 뿐이다. 어쨌든 전쟁이 필요하다.

「만일 우리 편에서 전쟁준비가 안 되어 있다면, 쇼뱅?」

「프랑스는 언제라도 싸울 준비가 되어 있습니다. 선생님!」

쇼뱅은 몸을 곧추세우면서 말했다.

그리고 치켜올린 그의 콧수염 밑에서 튀어나오는 r자가 차창을 뒤흔들고 있었다.

사람들을 성가시게 구는 우둔한 인물이었다. 언제나 그 이름을 들추어내어 우스운 명물로 만드는 모든 조소나 유행가를 나는 얼마나 잘 알고 있었던가?

그날 처음 그 사람을 만나고 나서 나는 이 사나이를 피하리라 굳게 결심했다. 그런데 이상한 운명으로 나는 그를 또 다시 만나게 되는 것이다. 처음에는 그라몽 씨가 의원들에게 프랑스의 선전포고를 성스럽게 알리던 날 상원에서였다. 노인들의 떨리는 환성이 오를 때 「프랑스 만세!」하는 굉장히 큰 소리가 방청석에서 났다. 나는 장막 밑에서 쇼뱅이 커다란 팔을 흔들고 있는 것을 보았다. 그 얼마 후에 나는 오페라에서 그를 또 보았는데 그는 지라르펭의 전용 좌석에서

〈독일의 라인〉을 부르라고 요구하고 그 노래를 모른다는 가수에게 「그렇다면 독일의 라인을 점령하는 것보다 그 노래를 배우는 데 더 시간이 걸리겠군!」하고 고래고래 고함을 지르고 있었다.

그 후에는 마치 귀신에 홀린 듯 어디서나 그를 만났다. 큰길 작은 길 할 것 없이 골목골목에서, 벤치나 테이블 위에 올라서서, 북소리 나 휘날리는 국기나 〈라 마르세이예즈〉 애국가 속에서 출정하는 군 인들에게 여송연을 나누어 주고 야전병원 부대에 박수를 보내면서 그 상기된 얼굴로 군중들을 위압하고 있는 미치광이 같은 쇼뱅의 모 습이 보였다. 너무나도 소란을 피우고 떠들어대고 밀어제쳐 오는 까 닭에 60만 파리 시민이 모두 쇼뱅처럼 보였다. 이 견딜 수 없는 환상 으로부터 도피하기 위해서는 집 창문까지 굳게 닫고 파묻혀 있는 수 밖에 없었다.

그러나 비쎈부르, 훠르바하의 패전에 뒤이어 계속 중첩되는 불행 으로 그 서글펐던 8월이 끝없이 길고 긴 악몽, 열띤 고통스러운 여름 의 악몽 같았는데 어떻게 집에만 처박혀 있을 수 있을 것인가? 전황 뉴스와 게시판을 찾아 싸돌아다니며 밤새도록 가스등 밑을 초조하게 움직이는 불안한 사람들 속에 끼지 않고 견딜 수 있을 것인가? 그러 한 밤에도 나는 쇼뱅을 만났다. 그는 대로상의 군중들을 헤치고 다니 면서 묵묵히 말없는 군중들에게 희망에 차서 좋은 소식을 길게 늘어 놓고 무슨 일이 있어도 성공을 확신하며 「비스마르크의 백흉갑기병 (白胸甲騎兵)은 최후의 한 명까지 분쇄됐다」를 수십 번이나 되풀이

하는 것이었다.

　이상한 일은 이제 쇼뱅이 그다지 우습게 보이지 않는다는 점이었다. 그가 하는 말은 나도 한마디도 신용하지 않았지만 그런 것은 아무런 관계도 없었다. 그가 하는 말을 듣기가 이제는 재미있게 되었다. 그가 아주 맹목적이고 광적으로 오만했고 무지했지만 그에게는 사람의 마음을 따뜻하게 해주는 불덩이처럼 생생하고도 끈질긴 힘이 있었다. 몇 달이나 계속된 긴 포위와 개먹이 같은 빵이나 말고기를 먹고 지낸 그 무서운 겨울에는 그 불덩이가 우리에게 필요했다. 파리 사람들은 누구나 이렇게 말하리라.

　「쇼뱅이 없었더라면 파리는 일 주일도 지탱하지 못했을 것이다.」

　트로쉬(당시 파리 방위 사령관)는 이렇게 말했다.

　「프러시아 병들은 자기가 원할 때는 성 안으로 들어올 것이다.」

　그러나 쇼뱅은 「그들은 못 들어온다」고 말했다.

　쇼뱅에게는 신념이 있었다. 그러나 트로쉬에게는 그것이 없었다. 쇼뱅은 무엇이나 믿고 있었다. 그는 공포된 계획을 믿고 바젠느 장군도 반격도 믿고 있었다. 매일 밤 그는 에탕푸 쪽 상지 군의 포성을 듣고 간간 후방 훼데르브 휘하 저격 보병의 총성을 들었다. 그런데 더욱 불가사의한 일은 우리에게도 그 포성이 들려온다는 것이었다. 그럴 정도로 이 우직한 영웅의 혼은 우리들에게 침투되어 있었던 것이다.

　선량한 쇼뱅!

흐리고 눈 내리는 날 비둘기들의 작은 흰 날개를 누구보다도 먼저 발견하는 것은 영락없이 그였다. 강베타가 우리에게 과대망상적인 웅변을 우리에게 보내왔을 때 구청문 앞에서 그 우렁찬 목소리로 그를 통박한 것이 쇼뱅이었다. 12월의 추운 밤 고깃관 앞에서 추위에 벌벌 떨며 사람들이 열을 짓고 서 있을 때면 쇼뱅도 충직하게 그 열 속에 끼어들었다. 그리하여 그의 덕택으로 이 굶주린 무리들은 웃고 노래하며 눈 속에서 윤무(輪舞)를 출 원기를 갖게 되는 것이었다.

「르, 롱, 라, 물러서라. 프러시아 병들이 로렌으로 지나가게」라고 쇼뱅이 노래를 시작하면 주변 사람들이 목저화(木底靴)로 박자를 맞추고 모직 두건 밑에 창백하고 불쌍한 얼굴들은 잠시 건강한 홍조를 띠는 것이었다. 아아! 그러나 이 모든 것은 아무 소용이 없었다. 어느 날 저녁 드루오 가(街) 앞을 지나다 보니 불안한 표정의 군중들이 구청 주변에 묵묵히 모여들고 있었다. 그러자 차도 없고 불도 없는 이 넓은 파리에 쇼뱅의 목소리가 엄숙하게 울려나왔다.

「아군은 몽트르투 고지를 점령한다.」

일 주일 후 파리는 함락됐다.

그 후 쇼뱅은 오랜 간격을 두고 나타났다. 두세 번 대로에서 나는 그가 몸짓을 하면서 보복할 이야기를 하고 있는 것을 보았다.

그러나 귀를 기울이고 있는 사람은 아무도 없었다. 도락자들의 파리는 옛날의 즐거움을 되찾기 위해 애타 있었고 노동자들의 파리는 분노를 품고 있었다. 가엾은 쇼뱅이 아무리 그 큰 팔을 휘둘러봐야 사람들이 모이지 않고 오히려 그가 나타나면 흩어져 버리는 것이었다.

어떤 사람들은 '귀찮은 녀석' 이라 했고, 또다른 사람들은 '간첩' 하고 내뱉었다.

그러자 폭동의 날이 왔고 적기(赤旗), 콤뮌, 파리는 무뢰한들의 손아귀에 떨어졌다. 쇼뱅은 의심을 받게 되어 밖으로 나가지 못했다. 그러나 원주 습격의 날 그는 방돔무 광장 한편 구석에 있었음에 틀림없었다. 군중 속에 섞여 있었을 것이다. 무뢰한들은 그의 모습을 보지도 못하면서 욕설을 퍼부었다.

「어어이, 쇼뱅!」

그리고 원주가 넘어갔을 때 사령부의 창 옆에서 샴페인을 마시고 있던 프러시아 장교들은 「하, 하, 하, 쇼뱅 군」하고 조소하면서 술잔을 들었다.

5월 23일까지 쇼뱅의 생사는 알 길이 없었다. 지하실 창고 한구석에 엎드려 프랑스 군의 포탄이 파리의 지붕 위로 나는 소리를 들으면서 이 가엾은 사나이는 절망에 사로잡혀 있었다. 마침내 어느 날 그는 폭격이 오고 가는 사이를 나섰다. 인적이 끊어진 거리는 한결 넓어진 것 같았다. 한쪽에서는 대포와 적기가 바리케이드와 함께 위협적으로 세워져 있었고 또 다른 한편에는 두 명의 작은 뱅세느 엽보병(獵步兵)이 벽에 기댄 채 몸을 굽혀 총을 겨누고 전진해 오는 것이었다. 베르사이유 부대가 파리에 입성한 것이었다.

쇼뱅의 가슴은 뛰었다. 그는 병사들 앞으로 달려나가면서 「프랑스 만세!」하고 외쳤다. 그의 목소리는 전후에 나는 총성 속에 사라졌다. 무정한 오해로 인해 이 불행한 사나이는 쌍방의 원한의 표적이 되어 집중사격을 받았다. 표적이 없는 도로 한가운데서 그가 구르는 것이 보였다. 이틀 간을 그는 두 팔을 뻗은 채 무기력한 얼굴로 방치되어 있었다.

쇼뱅은 내란의 희생자로서 그렇게 죽었다. 조국을 사랑한 프랑스 최후의 사람이었다.

마지막 책

「그가 죽었어…….」

누군가가 계단을 올라가면서 나에게 이렇게 말했다.

벌써 며칠 전부터 나는 이 슬픈 통지가 오리라는 것을 예감하고 있었다. 가까운 장래에 이 문전에서 부고를 받으리라고 생각하고 있었던 것이다. 하지만 그것은 뜻밖의 일인 양 나를 놀라게 했다. 나는 슬픈 가슴을 안고 입술을 떨면서 그 문인(文人)의 허술한 집에 발을 들여놓았다. 그 집 안에서는 서재가 제일 좋은 자리를 차지하고 폭군적인 학문이 집안의 평안과 광명을 모두 빼앗아 버리고 있었다.

그는 그곳의 아주 낮은 쇠침대 위에 엎드려 있었다. 그리고 종이조각들이 놓여 있는 책상, 책상 가운데 쓰다가 만 큰 글씨, 잉크병 속에 아직도 꽂인 채 있는 펜은 죽음이 얼마나 갑자기 그를 덮쳐왔는가를 말해 주고 있었다. 침대 뒤에는 원고와 종이부스러기가 삐져나온 느티나무 장롱이 그의 머리 위에서 반쯤 열려 있었다. 주위는 전부 책뿐이다. 선반 위에도, 의자 위에도, 책상 위에도.

그가 여기 책상 앞에 앉아서 쓰고 있을 때는 이 혼잡, 먼지 없는 이 난잡함이 그의 눈을 즐겁게 했을지도 모른다. 그곳에서는 생명과 일의 즐거움이 느껴졌다. 그러나 이 죽음의 방에서 그것은 애처로웠다. 무더기인 채로 흐트러진 이 애처로운 책들은 다시 경매에 붙여져 강가(여기서는 세느 강변의 헌 책방을 말함)나 노점에 흩어져서, 바람이나 산보자에게 들춰지는 길가의 문고(文庫) 속에 섞일 듯하다.

나는 막 침내에서 그에게 키스를 했다. 그리고 돌덩이같이 차갑고 무거운 이마의 감촉에 오싹하여 그를 보았다. 갑자기 문이 열렸다. 짐을 가지고 헐레벌떡거리면서 서점의 점원이 기운차게 들어와서 갓 인쇄된 책보따리를 책상 위에 밀어던졌다.

「바쉬랭에서 가져왔습니다.」

하고 그는 소리쳤다.

그러나 침대를 보고는 뒷걸음질치더니 모자를 집어들고 조심조심 돌아갔다.

병자가 그렇게도 기다리던 것이 한 달이나 늦게 죽어서야 받게 되는 이 바쉬랭 서점의 짐 속에는 무언가 무서우리만큼 아이러니컬한 것이 들어 있었다. 가련한 친구! 이것은 그의 마지막 책, 그가 가장 기대를 건 책이었다. 열이 심해서 떨리는 손으로 얼마나 세밀한 주의를 기울여 교정을 했던 것인가! 최후 며칠 동안, 더 이상 말을 못하게 되었을 때에도 눈은 잠시도 문에서 떠나지 않았다. 만약 인쇄공이나 교정계나 제본공 등 단 한 사람이라도 출판일에 관계된 사람이 그 불안과 기대어린 눈을 볼 수 있었더라면, 죽기 전에 즉 한시 바삐, 새로운 책의 향기와 신선한 활자 속에서 이미 자신의 머리에서 떠나 어렴풋해지기 시작한 상상을 생생하게 재발견하는 기쁨을 죽어가는 환자에게 주기 위해 일손을 바삐 놀려 조판과 인쇄에 제본을 서둘렀을 것을.

원기가 흘러넘치는 때라 해도 실상 작자에게 있어서는 싫증이 나지 않는 행복이 거기 있는 법이다. 자기 작품으로 최초의 한 권을 펼친다. 격렬한 두뇌의 비등(沸騰) 속에서가 아니고 마치 부각이 된 것처럼 결정이 된 하나의 형태로써 작품을 본다. 이 얼마나 즐거운 느낌인가. 아주 젊었을 때에는 눈이 아찔해지는 느낌이다. 머릿속 가득히 태양을 집어넣은 듯 글자는 파랗고 노랗게 길게 늘어나 빛나고 있는 것이다. 늙어지면 이 창작가의 기쁨에 다소의 슬픔이 섞이게 된다. 하고 싶은 말을 다하지 못하는 유감이다. 자기 속에 간직한 작품은 씌어진 것보다 언제나 아름답게 느껴지는 법이다. 많은 생각과 일들이 이 머리에서 손으로 여행 도중 사라져 버리는 것이다. 꿈의 밑바닥을 바라보면, 책 속의 사상은 떠있는 색조처럼 바다 속에 떠다니는 지중해의 아름다운 해파리와 비슷하다. 모래 위에 놓으면 약간의 색 없는 몇 방울의 물에 지나지 않는다. 바람은 곧 그것을 말려 버린다.

아아! 이 기쁨도 환멸도 이 사나이는 가엾게도 자기 최후의 작품에서 무엇 하나 얻지 못했던 것이다. 움직이지 않고 축 늘어져 베개 위에서 자고 있는 얼굴과 그 옆에 새로 나온 책을 보는 것은 괴로웠다. 이 책은 곧 서점의 쇼윈도에 나타나 항간의 잡답과 하루의 생활 속으로 섞일 것이다. 그리하여 지나가는 사람들은 기계적으로 제목을 읽고, 저자의 이름과 함께 눈 속 깊숙이 기억 속에다 새겨두고 떠날 것이다. 밝은 색의 표지 위에서 벙글벙글 웃고 있는 그 이름은 또한 구청의 쓸쓸한 페이지에도 기입되어 있는 것이다. 땅에 묻혀 잊어버리게 될 이 굳은 몸과, 생생하게 눈에 보이고 아마도 불멸의 혼같이 그에게서 빠져나온 이 책 사이에는 영혼과 육체의 문제가 오붓이 그대로 존재하고 있는 듯한 느낌이었다.

「한 권 주겠다고 약속했습니다만……」하고 내 곁에서 울먹이는 목소리가 낮게 들렸다. 나는 돌아다보았다. 금테안경 아래에서 내가 잘 아는, 그리고 글을 쓰는 친구 여러분이 모두 잘 아는 생기차고 호기심에 빛나는 눈을 발견했다. 여러분의 책광고가 나면 그답게 조심조심 끈기 있게 문전에서 두 번 벨을 울리고 찾아오는 책 수집가이다. 웃음을 띤 채 허리를 구부리고 들어와서는 여러분의 앞뒤로 돌아다니며 여러분을 '선생님'이라 부르고, 돌아갈 때는 반드시 신간서적을 얻어 간다. 신간만이다. 다른 것은 죄다 가지고 있다. 신간만 없는 것이다. 자, 어떻게 안 줄 수 있겠는가. 참으로 좋은 때를 노리고 오는 것이다. 이제 말한 바와 같이 책이 나와 기뻐하며 누구누구에게 증정하라, 인사장을 쓰라, 하고 기분이 설레일 때 여러분을 사로잡는 요령을 그는 알고 있다. 아아! 두드려 대답이 없는 문도, 얼음 같은 냉대도 바람도 비도 거리가 먼 것도 그 무엇으로도 배척할 수 없는 무서운 사내. 아침에 퐁프 거리에서 파시 장로네 작은 문을 두드리는 그를 보았는가 하면, 저녁에는 싸르두의 신작 희곡을 끼고 마를리에서 돌아온다. 이와 같이 살살 다니면서 졸라대기만 할 뿐 하는 일 없이 일생을 보내고 지갑에 상처를 주지 않고 장서(藏書)를 채워간다.

참으로 죽음의 침대에까지 그를 끌고 오는 정도이니 이 사나이의 책에 대한 열정은 정말 대단한 것이다.

「자, 당신 분을 받으시오.」

하고 나는 성급하게 그에게 말했다.

그는 책을 받는다기보다 마서 버렸다. 책을 주머니 속에 집어넣더니 근엄한 태도로 목을 드리우고 안경을 닦으면서 말없이 가만히 서 있었다. 무엇을 기다리는 걸까? 무엇이 그를 붙들고 있는 걸까? 단지 그 일 때문에 와서 약간 부끄럽게 느낀다는 건지, 바로 나간다는 건 체면이 안 선다고 생각하는 건지?

아니! 그게 아니다!

책상 위에 반쯤 찢어진 포지(包紙) 속에 여백을 많이 남긴 꽃 모양의 컷을 삽입한 특제본(特製本)을 몇 권 발견한 것이다. 가만히 생각에 잠긴 듯한 태도인데 눈도 마음도 전부 그리로 쏠려 있었다. 곁눈

질을 한 것이다. 괘씸한 녀석!

　허나 이것이 관찰광(觀察狂)이라는 것이다. 나 자신도 비통한 감동에 섞여 버렸다. 그리고 시체의 베개 밑에서 연출되는 이 애통할 소희극(小喜劇)을 눈시울을 적시며 응시하고 있었다. 서적광은 슬쩍 눈치채지 않을 정도로 약간 몸을 움직이면서 책상으로 다가갔다. 그의 손이 우연이라는 듯이 책 위에 놓였다. 그는 그것을 뒤집어 펼치더니 종이를 쓰다듬었다. 점점 눈이 빛나고 얼굴에 혈기가 돌았다.

　책의 마력이 그의 몸 안에서 작용하고 있는 것이다. 드디어 참지 못하고 그 중 하나를 들어올렸다.

　「생트 뵈브 씨에게 갖다 드려야 할 책이군요.」하고 그는 나지막한 소리로 나에게 말했다.

　그리고 열망과 곤혹과 그 책을 도로 내놓으랄까 봐 하는 걱정에서인지, 또는 생트 뵈브 씨에게 가지고 간다는 것을 믿게 하려는 것인지 그는 표현할 수 없는 회한의 어조로 무겁게 덧붙였다.

　「프랑스 한림원(翰林院)의…….」

　그리고 그는 자취를 감췄다.

나룻배

전쟁이 일어나기 전에는 그곳에 훌륭한 조교(弔橋)가 있었다. 흰 돌로 쌓아올린 두 개의 지주(支柱)가 높이 솟아 있고 타르 칠을 한 로프가 세느강 수평선 위에 걸려 있어 중천에 뜬 모양은 기구(氣球)와 배의 모양을 지극히 아름답게 꾸며 주고 있었다. 그 중앙의 거대한 아치형 다리 밑으로 예인선(曳引船)이 하루에 두 번씩 소용돌이 치는 연기를 뿜으면서 굴뚝을 낮출 필요도 없이 통과해 지나가는 것이었다. 양편 강가에는 빨래방망이와 세탁하는 여자들의 의자를 넣어 둔 헛간과 고기잡이배들이 매어져 있었다. 서늘한 강바람에 흔들리는 커다란 녹색의 커튼 같은 포플러 가로수가 목장 사이를 통해 다리에 까지 이르고 있었다. 아름다운 풍경이었다.

금년에는 모든 것이 변했다. 여전히 변함없이 서 있는 포플러 가로

수 끝에는 아무것도 없었다. 이제 다리는 없어졌다. 두 개의 석주는 날아가 버렸고 그 주변에는 돌의 파편이 여기저기 흩어져 있었다. 진동으로 반파된 작은 백색의 입항세 지불소는 아주 새로운 폐허, 바리케이드, 파뢰물처럼 보였다. 로프와 철선은 쓸쓸히 물에 잠겨 있었다. 모래 속에 파묻힌 교판(橋板)은 강 한가운데서 사공들에게 알리기 위해 붉은 기를 세운 커다란 난파선처럼 보였다. 세느강에서 떠내려오는 잡초와 이끼 긴 판자 등 가지가지가 거기에 쌓인 채 소용돌이를 일으키고 있었다. 이러한 풍경 속에는 무엇인가 찢기운 것, 불행을 느끼게 하는 것이 있었다. 다리까지 이르는 가로수가 성겨져서 그 주변은 더욱 쓸쓸했다. 그처럼 무성하고 아름다웠던 포플러들은 그 끝까지 벌레가 먹고——나무들도 침략을 받은 것이다——싹도 없는 갈가리 찢어진 가느다란 가지들을 뻗치고 있고 아무런 쓸모도 없게 된 황폐한 가로에는 커다란 흰 나비들이 무거운 날개로 날고 있었다.

　다리가 복구되기를 기다리면서 근방에는 나룻배가 생겼다. 그것은 일종의 거대한 뗏목으로 마차와 쟁기를 단 말, 그리고 물을 보고 조용한 눈을 휘둥그렇게 뜨는 암소들을 그대로 실을 수가 있었다. 가축들과 마차는 가운데 싣고 그 주변에는 여행객, 농민, 마을의 학교로 가는 아이들, 그리고 별장 생활을 하는 파리 사람들을 태웠다. 베일이나 리본이 말고삐 곁에서 휘날렸다. 난파한 사람들을 태운 뗏목 같은 모양이었다. 배는 천천히 나아갔다. 건너는 데 시간이 걸리는 세느강은 전보다 더 커진 것 같았고 붕괴된 다리의 잔해 뒤로 이제는 아무런 관계도 없게 된 양편 강둑 사이로 지평선은 서글프게 장엄한 빛을 띠고 뻗어나가 있었다.

그날 아침 나는 강을 건너려고 일찍 나왔다. 강가에는 아직 아무도 없었다. 축축한 모래 속에 고정시켜 놓은 헌 마차로 된 사공의 작은 짐은 안개에 젖은 채 잠겨 있었다. 안에서는 아이들의 기침소리가 들려 나왔다.

「어어이, 으젠느!」

「갑니다, 갑니다!」

라고 대답하면서 사공은 몸을 끌며 나왔다. 훤칠하게 생긴 젊은 사공이었다. 최근 전쟁에 포병으로 출전하여 한쪽 다리에 파편을 맞고 얼굴에는 칼의 상처를 입고는 류머티즘에 걸려 돌아온 것이다.

이 선량한 사나이는 나를 보자 미소를 지으면서 「선생님, 오늘은 우리뿐이니 거북하지 않겠습니다.」하고 말했다.

실제로 배에 탄 것은 나 하나뿐이었다. 그러나 뱃줄을 푸는 동안에 사람들이 왔다. 제일 먼저 코르베이유 시장에 간다는, 눈이 반짝이는 농가의 아낙네가 양팔에 커다란 두 개의 바구니를 끼고 왔다. 이 바구니가 촌티나는 그녀의 몸맵시에 균형을 잡아 줘서 그녀는 비틀거리지 않고 똑바로 걸어왔다. 계속해서 그녀의 뒤를 이어 후미진 길로 다른 사람들이 오는 것이 안개 속에 어렴풋이 보였다. 이야깃소리가 들려왔다. 부드럽고도 눈물어린 여인의 목소리였다.

「아아! 샤시뇨 선생님, 제발 부탁입니다. 우리를 괴롭히지 말아주

세요……. 그이가 지금은 일하고 있는 것을 아시지 않아요……. 돈을
갚아 드릴 때까지 좀 기다려 주세요. 그이가 원하는 건 단지 그것뿐
입니다.」

「난 충분히 기다렸소. 너무 지나치게 기다렸단 말이오.」

이가 빠진 무자비한 늙은 농부의 목소리가 대답했다.

「이젠 집달리가 나설 참이야. 적절하게 처리해 줄 테지. 어어이! 으
젠느!」

「저게 샤시뇨란 놈입니다.」

하고 사공은 낮은 목소리로 나에게 이야기했다.

이때 몸집이 큰 늙은이가 강가로 나오는 것이 보였다. 거친 나사
(羅紗)의 프록코트를 우스꽝스럽게 입고 지나치게 높은 새 실크모자
를 쓰고 있었다. 이 농부는 햇빛에 타고 주름살이 진 데다 곡괭이질
을 한 손은 마디투성이어서 신사차림을 하니 그 얼굴은 더욱 검게 그
을려 보였다. 고집불통의 얼굴, 아파치 인디언족 같은 커다란 매부리
코, 굳게 다문 입술, 이 모든 것이 샤시뇨라는 이름과 어울리는 사나
운 면모를 보여주고 있었다.

「자, 으젠느, 빨리 가자.」

그는 나룻배로 뛰어들어오면서 말했다. 그의 목소리는 분노로 떨
렸다.

사공이 뱃줄을 풀고 있는 동안 그 뚱뚱한 여인이 샤시뇨 곁에 다가
가서 물었다.

「누구에게 그처럼 화를 내고 계세요?」

「아! 부랑슈 아주머닌가! 말 말아…… 화가 나서 미칠 것 같아…….
그런 망할 마질리에 집 놈들!」

그리고는 후미진 길을 흐느끼면서 올라가는 작고도 연약한 그림자
를 주먹으로 가리켰다.

「저 사람들이 어쨌게요?」

「저 사람들이 어쨌느냐고? 넉 달치 집세가 밀린 데다가 술값이 있
단 말야. 그런데 나는 아직 한 푼도 못 받았거든……. 그래서 난 이
길로 집달리한테 갈 생각이야. 그것들을 거리로 내쫓아 버려야지.」

「하지만 그 마질리에는 참 선량한 사람이에요. 그 사람이 돈을 갚
지 못하는 것은 그 사람 잘못이 아닐 거예요. 이번 전쟁통에 돈을 잃
은 사람이 한둘이 아니니까요.」

그 늙은 농부는 노발대발했다.

「그놈은 바보야! 프러시아 군사들을 상대로 돈을 모을 수도 있었거
든. 헌데 그놈이 그렇게 하려 들지 않았지. 프러시아 군사들이 온 날
부터 주점 문을 닫고 간판을 떼어 버렸단 말야. 카페업을 했던 사람
들은 전쟁중에 흠씬 돈벌이를 했는데 유독 그놈만 한 푼도 못 벌었거
든. 설상가상으로 그놈은 건방지게 굴어서 감옥에까지 끌려 들어갔
었단 말야. 그러니 바보가 아니고 뭐야? 전쟁이 그놈하고 무슨 상관
이야? 제녀석이 군인인가? 손님에게 포도주와 브랜디나 부어 주었으
면 지금쯤 내 빚도 청산했을 것 아냐……. 개 돼지 같은 놈! 애국자연

한 녀석, 본때를 보여줘야지!」

화가 불같이 나서 얼굴이 시뻘게진 이 늙은이는 커다란 프록코트를 입고도 노동복만 입어 온 촌사람의 우둔한 몸짓을 하고 있었다.

늙은이가 이야기를 해나가니까 조금 전만 해도 마질리에 부부를 동정하여 반짝이던 여인의 눈은 냉혹해지면서 경멸의 빛을 띠었다. 그 여자는 역시 촌여자였다. 그들은 돈벌이를 거절하는 사람들을 그다지 존경하지 않는다. 처음에 그 여인은,

「그 아내가 불쌍하죠.」

하고 말했다. 잠시 후에는,

「그래요, 정말이에요……. 굴러들어온 복을 차 버리다니…….」

그리고 나서는 이렇게 끝을 맺는 것이었다.

「아저씨 말씀이 옳아요. 빚을 졌으면 갚아야죠.」

샤시뇨는 이를 악물고 뇌까렸다.

「그놈은 바보야! 그놈은 바보야!」

뱃전에서 계속 삿대질을 하면서 귀를 기울이고 있던 사공은 자기도 한마디해야겠다고 생각했다.

「샤시뇨 아저씨, 그런 나쁜 짓을 하지 마세요. 집달리한테 간들 무슨 소용이 있습니까? 저 불쌍한 사람들의 물건을 팔게 한다는 건 너무도 지나친 일입니다. 조금 더 참아주세요. 그럴 만한 여유는 가지고 계시지 않습니까?」

늙은이는 마치 깨물리기라도 한 듯이 뒤를 돌아보며 소리쳤다.

「잠자코 처박혀 있어, 이 못난 녀석아! 너도 그 애국자로구나…….
딱한 일이라고 생각하지 않는가? 자식은 다섯이나 되고 돈 한 푼도
없는 주제에 강요하지도 않는데 취미로 대포나 쏘러 다니고……. 잠
깐만 좀 들어주십쇼, 선생님(이 무정한 늙은이가 내게 이야기를 하는
모양이었다), 그런 것이 우리에게 무슨 소용이 있습니까? 말하자면
저 녀석도 덕택에 얼굴꼴이 저 모양이 되고, 가지고 있던 좋은 직장
도 잃고……. 그래, 이제는 사면으로 바람이 들어오는 판잣집에서 아
이들은 병들고 마누라는 세탁에 지친 채 방랑자 같은 생활을 하고 있
지 않습니까? 저녀석도 바보가 아닙니까?」

사공의 얼굴에는 번갯불 같은 노기가 떠올랐다. 창백한 그의 얼굴
한가운데 칼의 상처가 깊고도 희게 드러나보였다. 그러나 그는 자제
력이 있었다. 그래서 그는 자기의 분노를 삿대 위로 돌려 삿대가 부
러져라 하고 강 밑 모래 속으로 처박는 것이었다.

한마디만 더 하면 그 자리마저 잃을지 모른다. 왜냐하면 샤시뇨는
이 지방 유지이기 때문이다.

그는 면회의 의원이다.

쎄미앙트 호의 최후

지난날 밤의 북풍이 우리들을 코르시카 해안 쪽으로 운반해주었으니, 그곳 어부들이 종종 밤을 새워가며 이야기하는 무시무시한 바다 이야기를 하나 들려드리겠습니다. 나는 우연히 그 아주 기이한 이야기를 알게 되었습니다.

……지금으로부터 2, 3년 전이었습니다.

나는 7, 8명의 세관 수부들과 함께 사르디니아 근처를 항해하고 있었습니다. 처음으로 배를 타 본 나에게는 참으로 괴로운 항해였습니다. 3월 내내 하루도 날씨가 좋은 날이 없었습니다. 동풍이 악착스럽게 우리들의 배를 뒤따랐습니다. 바다의 노여움이 풀리지 않았습니다.

어느 날 저녁 우리들의 배는 폭풍에 쫓겨 보니파치오 해협 어구에

군집해 있는 작은 섬들 속으로 피했습니다. 섬들의 경치는 보잘것없었습니다. 새들로 뒤덮인 맨숭맨숭한 바위들, 몇 개의 압생트가 무성한 수풀과 유향나무 숲, 여기저기 진흙 속에서 썩고 있는 나무토막들뿐이었습니다. 그러나 실로 밤을 보내기 위해서는 저 음산한 바위들이, 파도가 제 집처럼 드나들며 갑판도 반쪽밖에 없는 낡은 배의 선실보다 훨씬 나았기 때문에 우리들은 다행으로 여겼습니다.

섬에 상륙하자마자 수부들은 생선국을 끓이려고 불을 피웠습니다. 그러는 사이 선장은 나를 부르더니 섬 끝 안개 속에 묻혀 있는 흰 작은 석조 울타리를 가리키며 말했습니다.

「묘지에 가 보시겠소?」

「묘지라구요? 리오네티 선장님! 도대체 여기가 어딥니까?」

「라베치 군도랍니다. 10년 전 쎄미앙트 호가 파선당해, 선원 6백 명이 묻힌 곳이죠. 가엾은 친구들! 찾아 오는 사람도 없답니다. 우리가 이왕 여기에 오게 되었으니 찾아 보는 것이 도리가 아니겠소…….」

「암, 그렇지요.」

쎄미앙트 호의 묘지는 얼마나 황량했던가! 아직도 눈에 선합니다. 낮고 작은 담벽, 녹이 슬어 잘 열리지 않는 철문, 정적 속에 싸인 예배당, 그리고 잡초 속에 묻혀 있는 수백 개의 검은 십자가, 국화꽃 화환이나 기념비 하나도 없었습니다. 아! 아무도 돌봐주는 이 없는 가엾은 주검들, 우연히 묻히게 된 그들의 무덤 속은 얼마나 차가웠을까!

우리는 잠시 동안 그곳에서 무릎을 꿇고 있었답니다. 선장은 큰 목소리로 기도를 했습니다. 묘지를 지키고 있는 것은 우리들의 머리 위를 빙빙 돌고 있는 커다란 갈매기들뿐이었습니다. 그들의 목쉰 울음소리가 흐느끼는 파도소리에 섞여 들려왔습니다.

기도가 끝나자 우리는 배가 매여 있는 섬 끝으로 쓸쓸히 되돌아왔습니다. 우리들이 없는 동안 수부들은 쓸데없이 시간을 보낸 것이 아니었습니다. 바위 뒤에서 커다란 불꽃이 타오르고 있었고 냄비에서는 김이 무럭무럭 났습니다. 그들은 둥글게 둘러앉아서 불을 쬐고 있었습니다. 이윽고 저마다 잔뜩 젖은 두 조각의 검은 빵이 담긴 붉은 뚝배기를 무릎 위에 놓고 앉았습니다. 식사는 조용히 진행되었습니다. 누구나 몸이 젖은 데다 시장하였으며, 더구나 묘지가 옆에 있었기 때문이었습니다. 그러나 뚝배기가 비자 수부들은 파이프를 태워물고 이야기를 꺼내기 시작했습니다. 물론 쎄미앙트 호에 관한 이야기였습니다.

「그런데 어떻게 해서 그런 사건이 일어나게 되었나요?」

나는 두 손으로 머리를 감싸고 생각에 잠겨 불꽃을 바라보고 있는 선장에게 물어보았습니다.

「어떻게 해서 그런 사건이 일어나게 되었느냐구요?」

사람 좋은 리오네티는 크게 한숨을 쉬며 대답했습니다.

「아아! 그걸 알고 있는 사람은 아무도 없습니다. 우리가 알고 있는 것은 쎄미앙트 호가 크리미아로 가는 군대를 싣고 그 전날 저녁, 일기가 나쁜데도 툴롱을 떠났다는 사실뿐이죠. 밤이 되어도 날씨는 여전히 험악했습니다. 바람이 불고, 비가 퍼붓고, 파도가 높고, 이제까지 볼 수 없던 험악한 바다였습니다. 아침이 되니 바람은 좀 가라앉았지만 바다는 여전히 그 상태였죠. 게다가 빌어먹을 안개가 지독히 끼어 지척에 있는 신호등조차 분간할 수가 없었습니다. 안개가 얼마나 위험한 것인지는 상상할 수 없을 정도랍니다. 그러나 안개 때문에 사고나는 일은 없죠. 아마도 쎄미앙트 호는 아침나절에 키를 잃었던 모양입니다. 안개란 오래 계속되는 것은 아니니 키가 부서져 나가지만 않았었다면 결코 이런 곳에 와서 쓰러지고 말 선장은 아니었죠. 그는 우리가 다 알고 있는 무서운 뱃사람이었죠. 3년 동안을 코르시카에 있는 정박소를 지휘했어요. 그러니 다른 것은 몰라도 코르시카 해안에 대해서는 나만큼 잘 알고 있었답니다.」

「쎄미앙트 호가 조난당한 것은 언제였을까요?」

「정오였겠죠. 그렇죠, 아주 정오에……. 하지만 빌어먹을 안개 때문에 대낮이라도 캄캄한 밤이나 다름없었겠죠. 해안의 한 세관원이 나에게 이런 이야기를 들려주더군요. 그날 11시 30분경에 그는 덧문을 붙이려고 집 밖으로 나왔다가 바람에 모자가 날아갔더랍니다. 그래서 그는 파도에 휩쓸려갈 위험을 무릅쓰면서까지 해변을 따라 엉금엉금 기며 모자를 쫓아갔었다는군요. 아시다시피 세관원들은 부유하지 못하지요. 그러니 모자 하나라도 그들에게는 대단한 것이랍니다. 그런데 그가 잠깐 머리를 들었을 때, 바로 곁에서 돛도 없는 커다란 배가 안개 속에서 바람에 불려 라베치 군도 쪽으로 쏜살같이 사라지는 것을 보았던 모양입니다. 배가 어떻게나 빨리 달아나던지 자세히 볼 여유조차 없었더랍니다. 그러나 여러모로 생각해 보아도 그것은 쎄미앙트 호임에 틀림없어요. 반 시간 후 섬의 양치기가 바위에 부딪히는 소리를 들었다니까요. 아, 바로 그 양치기가 저기 와 있군요. 직접 양치기의 말을 들어보세요. 안녕하신가, 팔롱보! 이리 와서 몸을 좀 녹이게나. 어려워할 건 없어.」

두건을 쓴 사나이가 조심스럽게 우리들 곁으로 다가왔습니다. 나는 그가 조금 전부터 불가를 서성대고 있는 것을 보았으나 섬에 양치는 목자가 있다는 것은 몰랐기 때문에 선원의 한 사람이라고 생각하고 있었답니다.

그는 문둥병 환자인데다 거의 백치에 가까운 늙은이였으며 무슨 괴혈병에라도 걸렸는지 크고 두터운 입술을 하고 있어 보기에도 징그러웠습니다. 그에게 말을 알아듣도록 설명하기까지는 여간 힘이 들지 않았습니다. 그러자 손가락으로 병든 입술을 치켜올리면서, 노인은 사실 그날 정오경에 자기 오두막집에서 바위에 무엇이 부딪혀 부서지는 무서운 소리를 들었노라고 우리에게 이야기를 했습니다. 섬이 온통 물에 덮여서 그가 밖으로 나와 보니 해변에는 파도에 밀려와 흩어져 있는 배의 잔해와 시체가 가득하더랍니다. 그는 놀라서 사람들을 데리러 보니파치오로 가려고 자기 배가 있는 곳으로 달려갔답니다.

이야기하기에 지친 양치기는 자리에 앉았습니다. 선장이 다시 말을 이었습니다.

「네, 우리들에게 알려준 것은 저 불쌍한 노인이었죠. 두려움에 거의 미친 사람처럼 되었어요. 그 사건으로 인해서 머리가 돌게 되었답니다. 사실 무리도 아니지요. 판자조각과 찢어진 돛 폭에 섞여 6백 구의 시체가 모래밭 위에 산더미처럼 쌓여 있는 것을 상상해 보세요. 비참한 쎄미앙트……. 파도가 어떻게나 잘 부숴 놓았던지 팔롱보는 오두막집의 울타리를 만들 재목조차 찾기 힘들었다니까요. 사람들은 거의 전부 얼굴이 망가지고 팔다리가 무참하게 떨어져나가 대부분 서로 무더기로 얽혀 있는 모습이었는데 차마 볼 수 없을 정도였어요. 우리는 정장을 하고 있는 선장과 스톨을 목에 걸치고 있는 신부를 찾아냈습니다. 한쪽 구석 바위틈에 작은 소년 수부가 눈을 뜬 채 있었죠. 살아 있는 것 같았습니다. 그러나 살아남을 수 있었던 사람은 결코 한 사람도 없었어요.」

「나르디, 정신차려!」

불이 꺼져가고 있었습니다. 나르디는 불둥걸 위에 니스 칠을 한 두 세 개의 판자조각을 던졌습니다. 불이 다시 피어올랐습니다. 리오네티는 이야기를 계속했습니다.

「저 사건 중에서 제일 비참한 이야기는 이렇습니다. 저 재난이 있기 3주일 전에, 쎄미앙트 호처럼 크리미아로 가고 있던 작은 군함 한 척이 바로 같은 지점에서 같은 방법으로 파선을 당했었지요. 다만 그

때는 우리가 달려가서 승무원과 배에 타고 있던 20명의 병참병을 구할 수가 있었습니다. 가엾게도 병참병들은 바다에는 익숙하지 못하였겠죠. 우리는 그들을 보니파치오로 데리고 가서 우리들과 함께 수부들의 숙소에서 이틀 동안을 묵게 했어요. 옷이 마르고 원기가 회복되자 그들은 '안녕히 계십쇼! 행운을 빕니다!' 하며 툴롱으로 돌아갔지요. 얼마 후 그들은 거기에서 다시 크리미아로 가는 배를 타게 되었답니다. 무슨 배였는지 아시겠어요? 바로 쎄미앙트 호였습니다……. 우리는 그들 스무 명이 모두 시체들 속에 누워 있는 것을 보았어요. 지금 우리들이 앉아 있는 이 장소에서 나는 내 손으로 예쁘게 생긴 하사 한 사람을 들어 옮겼습니다. 수염이 멋있게 난 금발의 파리 청년이었소. 내가 집에 재웠던 청년이었는데, 재미있는 이야기로 우리를 웃겼었죠. 그를 보자 가슴이 터지는 듯했어요. 아아! 산타 마드르!」

리오네티의 이야기는 여기에서 끝났습니다. 그는 감개무량한 듯 파이프의 재를 털더니, 나에게 잘 자라고 하면서 외투를 둘러썼습니다. 수부들은 얼마 동안 낮은 목소리로 이야기를 계속했습니다. 파이프의 불이 하나 둘 꺼지면서 잠잠해졌습니다.

내뻗는 팔, 서로 움켜잡는 손, 죽음의 환상이 번개처럼 스쳐가는 공포에 찬 눈.

아, 참혹한 광경이여!

이와 같이 나는 그 잔해에 둘러싸여, 10년 전에 조난당한 배의 넋을 불러일으키며, 하룻밤을 공상으로 보냈습니다. 멀리 해협 안에서는 폭풍우가 미친 듯이 날뛰었습니다.

거센 바람에 모닥불은 꺼질 것만 같았습니다. 나는 우리들의 배가 바위 아래서 요동하는 소리를 듣고 있습니다. 배를 매어 놓은 밧줄이 윙윙 울렸습니다.

8월 15일의 서훈자

어느 날 저녁 알제리아에서 하루의 사냥을 마쳤을 때 오르레앙빌르에서 몇십 리 떨어진 세리프에서 심한 폭우를 만난 적이 있다. 사방을 둘러보아도 부락이나 여인숙은 보이지 않았다. 단지 작은 종려와 유향수(乳香樹)의 숲 외에는 지평선 끝까지 뻗어나간 넓은 농지가 보일 뿐이었다. 게다가 소낙비로 물이 불은 세리프 강이 불안할 정도로 물소리를 내기 시작했고, 잘못하면 그 밤을 늪 속에서 지낼 판이었다. 다행히도 밀리아나 면사무소의 민간인 통역이 그 가까운 곳에 숨어사는 종족이 있음을 생각해 내고, 그곳 토후(土侯)를 알고 있는 터라 하룻밤 잠자리를 청하러 가기로 우리는 작정했다.

평원에 있는 이 아랍 마을들은 선인장들 속에 푹 파묻혀 있었고, 마른 흙으로 지은 그들의 오두막집들은 너무도 얕아서 우리는 알지도

160

못하는 사이에 부락 가운데까지 와 버렸다. 조용한 것은 시간이 지체 되었기 때문일까? 그렇지 않으면 비 때문일까? 그 지역은 너무나 쓸 쓸해 보였고 어쩐지 불안에 불려 숨소리가 끊어져 있는 듯한 느낌이 들었다. 밭의 주변에는 수확물들이 방치되어 있었고, 다른 곳에서는 벌써 다 추수해 들인 소맥과 대맥이 쓰러진 채 썩어들어가고 있었다. 녹슨 쇠스랑과 쟁기들이 빗속에 방치된 채 뒹굴었다. 종족 전체가 똑 같이 버림받은 슬픔과 무관심한 표정을 짓고 있었다. 우리가 바로 옆 에까지 가야 겨우 개들이 짖을 정도였다. 때때로 오두막집에서 어린 아이의 우는 소리가 들렸고 숲속에서는 어린아이들과 맨머리와 노인 의 구멍 뚫린 모자가 지나갔다. 여기저기 작은 당나귀들이 관목 밑에 서 떨고 있었다. 그러나 말 한 필, 사람 하나 보이지 않았다……. 마 치 대 전쟁중이어서 이미 수개월 전에 기병들은 전부 출정중인 것 같 았다.

토후의 집은 창이 없고 벽이 긴 농가처럼 보였는데, 역시 다른 집들 과 마찬가지로 생기가 없어 보였다. 마구간의 문은 열어젖혀진 채 외 양간이나 구유는 비어 있었고, 우리의 말을 맡길 마부도 없었다.

「모루의 카페에 가 볼까요?」

하고 나의 동반자가 말했다.

'모루의 카페'란 아랍 추장들의 응접실 같은 것이었다. 지나가는 손을 위해 주택 안에 별도로 지어 놓은 것으로서 거기에서 선량하고 공손하고 다정한 마호메트 교도들이 법이 명하는 가정의 화목과 환대의 미덕을 보일 수 있는 곳이었다. 시 스리만 토후의 모루 카페는 마구간 모양으로 문이 열린 채 조용했다. 석회칠을 한 높은 벽, 전리품, 타조의 날개, 방 주변에 놓여 있는 크고 낮은 소파 등 모두가 열려진 문으로 들이친 소낙비에 젖어 있었다……. 그래도 카페 안에는 사람이 있었다. 먼저 카페를 맡고 있는 누더기를 걸친 늙은 카빌르가 엎어진 화로 곁에서 머리를 두 무릎 사이에 낀 채 쭈그리고 앉아 있었다. 그리고 토후의 아들, 열에 뜨고 창백한 미소년이 검은 외투에 싸여 소파에 누워 있었고 그 발치에는 두 마리의 커다란 사냥개가 있었다.

우리가 들어섰을 때 아무것도 움직이지 않았다. 단지 두 마리 사냥개 중 하나가 목을 흔들었고, 그 소년이 열에 들떠 지친 듯한 아름다운 눈을 우리 쪽으로 돌릴 뿐이었다.

「시 스리만은?」

하고 통역이 늙은이에게 물었다.

그는 자기 머리 위로 팔을 뻗치더니 망연하게 멀고 먼 지평선을 가리켰다. 우리는 시 스리만이 먼 여행을 떠났다는 것을 알았다. 그러나 비 때문에 우리는 도저히 다시 걸을 수가 없어 통역은 그 토후의 아들에게 아랍어로 우리가 그의 아버지 친구라는 것을 밝히고 하룻밤을 재워 달라고 부탁했다. 그러자 소년은 열에 들떠 괴로워하면서도 즉시 일어나 그 늙은이에게 명령을 하고 마치 우리에게 '당신들은 나의 손님들입니다' 라고 말하듯 공손히 소파를 가리키며 머리를 숙이고 손가락 끝으로 키스를 하는 아랍식 인사를 했다. 그리고는 위엄있게 외투를 입고는 토후답고 일가의 주인다운 정중한 태도로 나갔다.

소년이 나가자 그 늙은이는 화로에 불을 피우고 매우 작은 두 개의 주전자를 그 위에 올려놓았다. 이렇게 커피 준비를 하는 동안 우리는 그 주인의 여행과 부족들이 방심 상태에 놓여 있는 데 대해서 조금 이야기를 들을 수 있었다. 카빌르는 늙은 노파와 같은 몸짓을 하면서 후음(喉音)이 많은 아름다운 말로 빠르게 한참 말을 끊고 침묵을 지켰다. 그때 뜰 안 모자이크 위로 떨어지는 빗소리, 주전자의 물 끓는 소리, 그리고 평원에 산재해 있는 수천 마리의 이리떼 울음소리가 들렸다.

불행한 시 스리만의 신변에 일어난 일은 대략 이러했다.

4개월 전인 8월 15일 시 스리만은 오랫동안 고대했던 그 유명한 레지옹 도뇌에르 훈장을 받았다. 지방의 토후로서 그 훈장을 받지 못한 사람은 그뿐이었다. 다른 토후들은 슈발리에나 오피씨에였고, 또 2, 3명은 콤망되르의 폭넓은 리본을 상의(上衣)에 감고는 내가 종종 대토후인 부아렘에게서 보아온 것처럼 거기다 무심히 코를 풀기도 했다. 그때까지 시 스리만의 수훈을 방해한 것은 부이요트 승부 결과 아랍 사무소에 있는 그의 상관과 다툰 데 있었다. 알제리아에서는 군인들의 단결심이 너무나 두터웠기 때문에 10년 전부터 그가 수훈 후보자 명단에 끼어 있으면서도 그 결실을 보지 못했던 것이다. 따라서

8월 15일 아침 오르레앙빌르에서 온 기병이 황금빛 작은 상자와 훈기(勳記)를 전하였을 때, 그리고 네 명의 처첩(妻妾) 중에서 가장 사랑하는 바이아가 그의 낙타털 상의에 그 불란서 훈장을 달아 주었을 때 선량한 시 스리만의 기쁨을 상상하긴 어렵지 않다. 그의 부족들에 겐 끝없는 향연과 기예(騎藝)의 기회였다. 북과 피리소리가 밤새도록 끊이지 않았다. 춤이 시작되었고, 축하의 불길이 오르고, 얼마나 많은 양이 도살되었는지 모른다. 게다가 이 축제에서 젠델르의 유명한 즉흥시인이 훌륭한 찬가를 지어, 빠진 것은 아무것도 없었다. 그 찬가의 첫구절은 이러했다.

바람아, 기쁜 소식을 전하게 말의 안장을 채워라…….

다음날 새벽, 시 스리만은 부족을 비상소집하여 총독에게 사의를 표하기 위해 기병들을 대동하고 알제로 향했다. 시의 성문 앞에서 부대는 관습에 따라 정지했다. 토후는 단신으로 총독부에 들어가 말라코프 공작을 면회하고 동양적인 아름다운 말로써 프랑스에 대한 충성을 맹세했다. 2천 년 전부터 모든 젊은이를 종려나무에 비유하고 여자들을 꽃사슴에 비교하는 비유적인 문장이었다. 이 의식이 끝나면 사람들 눈에 뜨이게 그 도시의 높은 곳으로 올라가고, 도중 회교사원에 참배도 하고, 빈민들에게 돈도 주며, 이발소에도 들르고, 자수집으로 들어가 처첩들에게 줄 향수와 꽃과 잎이 수놓인 비단, 그리고 아들에게 줄 금작식의 흉갑(胸甲)과 붉은 장화를 샀다. 값을 깎으려 하지 않았고, 자기의 기쁨을 반짝이는 은화로 뿌렸다. 시장에서는 스미르느쓰 양탄자 위에 앉아 그를 축복해주는 모루 상인의 점포 입구에서 커피를 마시는 그의 모습도 보였다. 그의 주변에는 구경꾼들이 모여들어「저이가 시 스리만이다. 총독이 그에게 훈장을 하사했다」라고들 말했다.

목욕을 하고 돌아오는 모루의 아가씨들은 과자를 씹으면서 하얗게 분칠한 얼굴을 돌리며 의기양양하게 그의 가슴에 달린 훌륭한 은의 훈장을 감탄하는 눈으로 바라보았다.

아아! 살다 보면 때때로 행복한 순간도 있다.

저녁이 되자 시 스리만은 그의 부대가 기다리는 곳으로 돌아갈 차비를 차렸다. 그리하여 벌써 한 발을 등자(鐙子) 위에 올렸을 때 총독부의 사자(使者)가 숨을 헐떡이며 달려왔다.

「여기 있었군요, 시 스리만. 여기저기 찾아다녔는데, 속히 갑시다. 총독께서 하실 말씀이 있으시답니다!」

시 스리만은 별로 불안한 생각도 없이 따라갔다. 그러나 궁전의 모루풍 대광장을 지날 때 아랍 인 상관을 만났다. 그는 불쾌한 미소를 짓고 있었다. 이 적수의 미소는 그를 두렵게 했다. 그는 몸을 떨면서 총독의 객실로 들어갔다. 원수는 의자에 말타듯이 걸터앉은 채로 그를 맞았다.

「시 스리만.」

하고 그는 평소의 그 난폭한 어투에 주위사람들을 떨게 하는 예의 콧소리로 말했다.

「시 스리만, 안됐는데…… 착오였네……. 훈장을 수여받을 자는 자네가 아닐세. 주구주구 대관(代官)일세……. 훈장을 다시 돌려 줘야겠네…….」

토후의 그을은 얼굴은 대장간 불 곁에 닿은 것처럼 붉어졌다. 그의 큰 몸집이 경련으로 떨리고 있었다. 눈에서는 불이 났다. 일순간 전광과 같은 것이었다. 그는 곧 눈을 내리깔고 총독 앞에 몸을 굽힌 채 「당신은 주인이십니다, 각하」하고 말했다.

그리고는 그의 가슴에서 훈장을 떼어 테이블 위에 놓았다. 그의 손은 떨렸고, 눈썹 끝에는 눈물이 맺혀 있었다. 이것을 보고 늙은 총독은 감동받아 「아마 내년엔 틀림없을 걸세」라고 말하고 그에게 점잖은 어린애같이 손을 내밀었다.

토후는 그 손을 못 본 채 묵묵히 인사를 하고는 그 방을 나왔다. 그는 원수의 약속이 어떠한 것인가를 알고 있었으며, 관료적인 음모로 인해 자신의 명예는 영원히 손상됐다는 것도 알고 있었다.

그 소문은 벌써 시중에 퍼져 있었다. 바브 아준 가(街)의 유태인들은 그가 지나가는 것을 보고 냉소했다. 그와 반대로 모루의 상인들은 동정하는 표정으로 그를 돌아보았다.

그러나 그 동정이 그에게는 조소 이상으로 괴로운 일이었다. 그는 별을 따라 되도록 어두운 길을 골라 걸었다. 훈장을 잡아 멘 자리가 입을 벌린 상처처럼 욱신거렸다. 그리고는 줄곧 이렇게 생각하고 있었다.

'나의 부하 기병들은 무엇이라 말할 것인가? 처첩들은 뭐라고 할 것인가?'

그러자 불 같은 울화가 치밀어올랐다. 그는 저 멀리 언제나 불꽃과 전란으로 붉게 물들어 있는 모로코의 국경지대에서 성전(聖戰)을 설명하고 있는 자신을 상상해 보았다. 혹은 자기 부하병사들을 이끌고 알제의 거리를 달리며 유태인의 집을 약탈하고 기독교도들을 학살하고 자기도 그 혼란 속에 들어가 자신의 치욕을 감추어 볼까 하는 생각도 들었다.

그 어느 것이든 자기 부족에게로 돌아가는 것보다는 가능할 것처럼 보였다. 갑자기 이러한 복수계획에 전념하고 있을 때 황제에 대한 생각이 번개같이 머리를 스치고 지나갔다.

황제! 모든 다른 아랍 인들에 있어서와 마찬가지로 시 스리만에게도 정의와 힘의 관념은 그 단어 속에 함축되어 있었다. 이것은 시들어가는 마호메트 교도의 참된 수령이었다. 또 하나 이스탄불의 수령은 멀리서 관념적인 존재, 이제는 영적인 힘밖에 없는 듯이 보이는 일종의 법왕처럼 생각되었다. 그래서 오늘날 그 세력 정도는 뻔한 것이었다.

그러나 대포와 군대와 철갑선을 가지고 있는 황제는……. 황제를 생각하면 시 스리만은 구원을 받은 듯한 기분이었다. 반드시 황제는 그에게 훈장을 돌려줄 것이다. 그것은 일주일 간의 여행이면 족한 것이다. 그는 너무나도 그것을 확신한 나머지 병사들을 알제 성문 앞에서 기다리게 했다.

다음날 객선은 마치 메카에 순례를 떠나는 듯한 마음으로 안심한 그를 파리로 실어갔다.

불쌍한 시 스리만! 그가 떠난 지 4개월이나 됐고 처첩들에게 보내온 그의 편지에는 아직도 귀향에 대해서는 일언반구가 없었다. 4개월 동안 그 가련한 토후는 안개 속 파리의 길을 헤매며 매일같이 관청을 찾아다녔다. 가는 곳마다 웃음거리가 되고 프랑스 행정부의 그 몸서리나는 조직에 휘말려 관청에서 관청으로 보내져, 드디어는 실현되지 않는 고관과의 면회를 기다리면서 대합실에서 외투를 더럽히다가, 저녁이 되면 위엄을 지어 더욱 우스워 보이는 서글픈 긴 얼굴로 여관을 찾아가 사무실에서 방 열쇠를 찾으려고 기다리고 있는 모습이 보였다.

하루 종일 쏘다녀 지친 몸을 이끌고 자기 방으로 올라가면서도 여전히 긍지를 잃지 않고 마치 노름에 진 사람이 자기 명예를 되찾으려고 필사적인 것처럼 희망에 집착해 있는 것이다.

그동안 그의 부하기병들은 바브 아준 문전에서 쭈그리고 앉아 동양적인 운명관으로 기다리고 있었다. 말들은 뚝에 매인 채 바다를 향해 울고 있었다.

부족들에게는 모든 것이 중지 상태였다. 일손이 없어 수확물은 그

자리에서 썩어가고 아녀자들과 어린애들은 파리를 향한 채 일수를 세고 있었다. 그러니 그 붉은 리본 끝에는 얼마나 많은 희망과 불안과 파멸이 연해 있는 것일까? 생각만 해도 애처로운 일이었다. 이 모든 것은 언제나 끝장을 볼 것인가?

「하느님만이 아시는 일이죠.」

하고 늙은이는 한숨지으며 말했다.

그리고는 반쯤 열린 문, 쓸쓸한 보랏빛 평원 위로 그의 맨팔은 비에 젖은 밤하늘에 솟아오른 초승달을 우리에게 가리키는 것이었다.

파리의 백성

—포위중에

샹프로제에서 그들은 정말로 행복했다. 그들의 가축사육장이 바로 내 창 밑에 있어서 1년 중 6개월 간은 그들의 생활이 내 생활과 섞여 있었던 셈이다. 날이 새기도 전에 주인이 마구간으로 들어가 수레에 말을 매고 코르베이유로 출발하는 소리가 들려온다. 야채를 팔러 가는 것이다. 다음에는 그 부인이 일어나 아이들 옷을 입히고 닭을 부르고 소젖을 짠다. 그리고 오전 내내는 큰 나막신, 작은 나막신들이 나무계단을 소리 높이 오르내린다. 오후가 되면 잠잠해진다. 아버지는 밭으로 나가고, 아이들은 학교로 가고, 어머니는 잠자코 안뜰에서 빨래를 널거나 문 앞에서 막내둥이를 보면서 바느질을 하든가 한다. 때때로 누가 길을 지나갈 때면 일손을 멈추지도 않은 채 이야기를 한다…….

한 번은 8월 그믐께——여전히 8월 이야기이다——그 부인이 이웃 아낙네에게 이렇게 말하는 소리가 들렸다.

「아아니, 프러시아 인이라뇨! 정말 그들이 프랑스에 들어왔단 말씀이에요?」

「그들은 살롱에 있어요!」

하고 나는 내 창을 통해서 그에게 소리쳤다.

이 말을 듣고 그 아낙네는 크게 웃었다. 이 세느 에 우와즈 구석에서 농민들은 적의 침입을 믿지 않았다.

그러나 가재도구를 실은 수레가 매일같이 지나갔다. 부유한 사람들의 집은 닫혀졌고, 해가 길고 아름다운 이 8월에 꽃이 진 정원들은 닫혀진 울타리 너머로 쓸쓸하고 음산해 보이기만 했다. 이웃사람들은 차츰 불안해지기 시작했다. 고향을 떠나는 집이 있을 때마다 그들은 서글퍼졌고 버림을 받은 듯한 기분이었다.

그러던 어느 날 아침, 마을 구석구석에서 북소리가 들려왔다. 프러시아인들에게 아무것도 남겨주지 않도록 암소나 사료를 파리로 가서 팔라는 면사무소의 명령을 알리는 북소리였다. 주인은 파리로 떠났다. 쓸쓸한 여행이었다. 포장된 가도 위로는 무거운 피난짐 수레가 행렬을 지었고, 여기에 뒤섞인 돼지와 양떼가 수레바퀴 사이에서 허둥댔고, 자갈 물린 암소가 짐수레 위에서 나직이 울고 있었다. 가난한 사람들은 길가의 도랑을 따라 색이 바랜 긴 의자, 제정시대의 테이블, 인도 사라사의 장식이 달린 거울 등 고물들을 가득 실은 조그

마한 손수레를 밀고 있었다. 이러한 먼지투성이 물건들을 움직이고 선조들로부터 전해 내려오는 이 소중한 물건들을 옮겨 짐을 꾸리고 거리로 끌고 나오는 것이 집집마다 얼마만한 고통이었나를 엿볼 수가 있었다.

파리로 들어가는 입구에는 숨이 막힐 듯이 붐볐다. 두 시간이나 기다려야 했다……. 이 두 시간 동안 그 가엾은 농부는 자기 암소에게 바싹 달라붙은 채 대포의 포안(砲眼)이며 물이 가득 찬 도랑, 높이 쌓인 요새, 길가에 베어져 시들은 키가 큰 이태리 포플러 등을 놀란 눈으로 바라보고 있었다. 저녁때나 되어서야 그는 얼이 빠진 채 집으로 돌아와 그가 본 자초지종을 아내에게 이야기했다. 아내는 겁이 더럭 나서 내일이라도 떠나자고 했다. 그러나 하루하루 밀려나가면서 출발은 연기되어 갔다. 추수를 해야 된다든가…… 아직도 갈아야 할 땅이 있다든가…… 포도주를 담글 여가야 없을라고……. 게다가 프러시아 군인들이 이곳을 지나가지 않을지도 모른다는 한 가닥 기대가 마음속에 도사리고 있었다.

어느 날 밤 그들은 무서운 포탄소리에 잠이 깼다. 코르베이유의 다리가 폭파되는 소리였다. 마을의 남자들이 문을 두드리며 돌아다녔다.

「프러시아 기병이다! 프러시아 기병이다! 도망쳐라!」

그들은 황급히 일어나 수레에 말을 매고 잠이 덜 깬 아이들에게 옷을 입혀 몇몇 이웃사람들과 함께 지름길로 빠져나왔다. 고개마루터

기를 올라섰을 때 세시를 알리는 종소리가 들려왔다. 그들은 마지막으로 뒤를 돌아다보았다. 수음장(水飮場), 교회 앞 광장, 언제나 지나다니던 한길, 세느강으로 내려가는 입구, 포도밭 사이를 누비고 있는 길, 이 모드가 이제는 생소해 보였다. 그리고 뿌얀 아침 안개 속에 버림받은 그 작은 마을은 무서운 예감에 떨면서 집집마다 꼭 껴안고 있는 것 같았다.

이제 그들은 파리에 당도했다. 쓸쓸한 거리의 5층 방 두 개를 세냈다. 주인은 별로 불운하지 않았다.

그는 일자리도 구했고 국민군에 편입되어 성곽으로 나가거나 훈련을 함으로써 그 텅 비어 있을 창고나 파종하지 않은 밭은 잊기 위해 될 수 있는 대로 기분을 얼버무리려 하고 있었다. 그러나 그보다 성격이 조급한 아내는 한심스러운 생각을 하고 진력을 내면서 어찌될 것인지 알지 못하고 있었다. 두 딸은 학교에 들어갔으나, 음침하고 뜰이 없는 학교라 이들은 벌집처럼 와글거리고 즐거웠던 시골학교와 또 학교에 가려고 아침마다 5리나 걸어서 지나다니던 숲을 생각하면 숨이 막힐 지경이었다. 어머니는 딸들의 슬픈 표정을 보고 마음이 아팠으나 특히 걱정이 되는 것은 막내둥이였다.

시골에서는 집 안에서고 뜰에서고 여기저기 어디나 엄마 뒤를 졸졸 따라다녔고 문지방 층계를 뛰어넘었으며, 새빨개진 손을 세탁함지에 넣기도 하고, 엄마가 한숨 돌리려고 뜨개질을 시작하면 문 가까이에 가 앉곤 했던 것이다. 그러나 이곳에서는 5층이나 기어올라야

되고, 게다가 층계가 어두워 몇 번이나 헛딛었고, 좁은 난로의 불은 깜박깜박하고, 창은 높고, 하늘은 회색 연기에 덮이고 슬레이트는 젖어 있었다…….

막내둥이가 놀 만한 뜰이 있기는 했다. 그러나 관리인이 싫어했다. 이 관리인이란 것이 도시에서 고안해 낸 물건이다. 시골에서는 저마다가 자기 집 주인이다. 조그만 거처를 소유하고 자기 자신이 지키는 것이다. 낮이면 하루 종일 대문을 열어 놓았다가 저녁에 큰 나무빗장을 질러 놓으면 집 전체가 아무런 두려움 없이 전원의 어둠 속에 잠겨 기분 좋게 잠들 수 있었다. 가끔 달을 보고 개가 짖지만 아무도 거기에 마음을 쓰지 않는다……. 파리의 가난한 집에서는 문지기가 주인 행세를 한다. 막내둥이는 혼자 밑으로 내려갈 수 없다. 지푸라기와 야채껍질을 안뜰에 조금 어질러놓았다는 구실로 염소를 팔게 한 그 심술궂은 노파가 너무나도 무서웠던 것이다.

심심해 하는 막내둥이의 기분을 어떻게 돌려줘야 좋을지 이 가련한 어머니는 알지 못했다. 식사가 끝나면 마치 뜰에라도 나가는 듯이 어린애의 옷을 입혀 손을 잡고 거리로 나가 한길을 쭉 걷게 하지만 사람들에게 채이고 부딪치고 파묻혀 그는 주위를 볼 수가 없었다. 재미있는 것은 말〔馬〕들뿐이었다. 막내둥이가 알아볼 수 있고 또 막내둥이를 웃기는 것은 이 말들뿐이었다. 엄마 역시 무엇 하나 재미를 붙일 것이 없었다. 그녀는 자기 집, 가산 등을 생각하며 천천히 걸었다. 정직해 보이는 얼굴 표정과 깨끗한 옷매무새, 그리고 머리에 윤기가 흐르는 이 어머니와 둥그런 얼굴에 큰 나막신을 신은 아이, 이 두 모자가 지나가는 모습을 보면 이들은 타향으로 온 유랑인 신세로 싱싱한 공기가 감도는 적막한 시골길을 그리워하고 있다는 것을 역력히 짐작할 수가 있다.

쌍기네르의 등대

지난밤에는 잠을 이룰 수가 없었다. 북풍이 사납게 몰아치는 소리에 나는 아침까지 뜬눈으로 있었다. 풍차방앗간의 부서진 날개는 돛대처럼 북풍을 받아 소리를 내며 무겁게 흔들렸고, 집 전체가 삐걱거리는 소리를 내었다. 기왓장이 깨어져 지붕에서 날아갔고, 멀리 언덕을 뒤덮고 있는 빽빽한 소나무숲은 어둠 속에서 몸을 뒤흔들며 윙윙거렸다. 마치 바다 한복판에 있는 듯한 느낌이었다.

3년 전 저 코르시카 섬 연안, 아자치오만 어구에 있는 쌍기네르의 등대에서 지내던 때의 잠 못 이루던 밤들이 생생하게 나의 머리에 떠올랐다.

그곳 역시 내가 몽상과 고독에 잠기기 위해 찾아냈던 아름다운 은둔처였다. 상상해 보라. 붉은빛을 띤 섬, 황량한 풍경을. 한쪽 끝에는 등대, 다른 쪽에는 제노아 시대의 고탑, 내가 그곳에 머물고 있었을 때는 독수리가 한 마리 탑 속에 살고 있었다.

저 아래 바닷가에는 온통 잡초에 뒤덮인 허물어진 격리소가 하나, 골짜기와 밀림과 거대한 암석, 몇 마리의 산양, 갈기를 바람에 날리며 뛰어다니는 작은 코르시카 말들, 그리고 섬 꼭대기 해조들이 빙빙 돌고 있는 속에 높이 솟아 있는 등대지기의 집. 등대지기의 집에는 등대지기들이 자유롭게 거닐 수 있는 흰 석조의 노대, 아치형의 푸른 대문, 주철로 만든 작은 탑, 그리고 탑 위에는 대낮에도 빛을 발하며 햇빛을 받아 불타는 것 같은 거대한 다각형 램프가 있었다. 이것이 지난밤, 내가 소나무 숲의 윙윙거리는 소리를 들으며 다시 눈앞에 그려 본 쌍기네르 섬의 모습이었다. 내가 풍차방앗간을 입수하기 전에 자연과 고독이 그리울 때면 종종 가서 틀어박힌 곳이 바로 저 아름다운 섬이었다.

나는 그곳에서 무엇을 하였던가?

이곳에서의 생활과 다름이 없었다. 오히려 더 한가했다. 바람이 그다지 심하게 불지 않을 때는 수면과 가지런히 놓인 두 바위 틈에 와 앉아 갈매기와 티티새와 제비들 속에서 하루를 보내곤 했다. 그곳에서 바다를 바라보고 있으면 전신이 나른하게 감미로움 속에 잠겼다. 아마 여러분도 영혼의 황홀한 도취를 알고 있을 것이다. 생각에 잠겨 있는 것도 아니요, 몽상에 잠겨 있는 것도 아닌 상태. 자기 자신의 존재에서 완전히 해방되어 하늘 높이 날아오르는 듯한 기분. 물 속으로 뛰어드는 갈매기, 햇빛 속에서 파도와 파도 사이를 떠도는 물거품, 멀어져 가는 우편선의 흰 연기, 붉은 돛을 단 산호선, 진주 같은 물방울, 떠도는 안개나 이외의 온갖 삼라만상이 나 자신이 되는 것이다. 아, 나는 나의 섬에서 얼마나 많은 시간을 도취와 망아의 행복스런 순간 속에서 보내었던가! 바람이 심한 날은 해변에 있을 수가 없기 때문에 나는 격리소의 뜰 안에서 꼼짝 않고 지냈다. 로즈메리와 들쑥의 향기가 가득히 풍기는 작고 쓸쓸한 뜰이었다. 나는 그곳 낡은 담벽에 기대어 쭈그리고 앉아, 옛날 무덤들처럼 사방이 트인 석조의 오두막집들 속을 햇빛과 함께 떠돌고 있는 정적과 우수의 아련한 향기에 포근히 잠겨 보았다. 이따금 문을 두들기는 소리가 나고 풀숲에서 무엇이 가볍게 뛰었다. 바람을 피하여 풀을 뜯어먹으러 온 염소였다. 나를 보자 염소는 놀라서 멈칫 섰다. 생기있는 모습을 한 뿔이 긴 염소는 어린이같이 순진한 눈매로 쳐다보면서 내 앞에 꼼짝 않고 서 있었다.

5시경이면 등대지기들은 메가폰으로 저녁을 먹으라고 나를 불렀다. 그러면 나는 바다 위에 가파르게 경사진 숲속의 오솔길을 따라 올라갔다. 올라갈수록 더 넓어지는 듯한 물과 빛의 끝없는 수평선을 발을 옮길 적마다 뒤돌아보며 나는 천천히 등대로 돌아오고는 했다.

그곳은 아주 상쾌했다. 지금도 눈에 선합하다. 바닥에는 커다란 포석을 깔고 참나무로 벽을 댄 아담한 식당, 그 한복판에는 김이 무럭무럭 나는 생선국, 흰 테라스 위에 활짝 열려 있는 문, 그 문으로 들어오는 석양빛…….

등대지기들은 식탁에 앉아 나를 기다리고 있었다. 모두 세 사람이었다. 마르세이유 사람이 하나, 코르시카 사람이 둘이었다. 세 사람이 다 키가 작고, 수염이 많이 났으며, 살갗이 트고 얼굴은 검게 탔다. 그리고 똑같은 염소털 풀론(두건 달린 수부용 외투)을 입고 있었으나 태도와 기질은 전혀 대조적이었다.

이 사람들의 생활 태도를 보면 두 지방 사람들의 차이를 당장 알 수가 있다. 마르세이유인은 근면하고 활동적이었다. 그는 아침부터 저녁까지 섬을 뛰어다니며 정원을 가꾼다, 낚시질을 한다, 구아유의 알을 주워 모은다, 숲속에 숨어 있다가 지나가는 염소를 붙잡아 젖을 짠다 하며 쉴새없이 바쁘게 돌아다녔다. 그래서 부야베쓰 생선국이나 아이올리 요리가 떨어질 때가 없었다.

코르시카인들은 근무 이외의 일에는 절대로 손대는 일이 없었다. 그들은 자기 자신을 관리로 생각하고 있었다. 매일 부엌에서 끝도 없는 스코파 놀음을 하며 지냈다. 스코파 놀음을 멈출 때라고는 점잖게 파이프에 불을 붙일 때나 커다란 녹연초 잎을 손바닥 위에 놓고 가위로 잘게 썰 때뿐이었다.

그러나 또한 이들 세 사람은 모두 단순하고 소박하며, 선량한 사람들이었다. 요컨대 그들은 주인으로서의 극진한 친절을 베풀어 주었다. 그들에게는 내가 아주 이상한 사람으로 보였을 터인데도 말이다.

생각해 보라. 그렇지 않겠는가! 기쁨을 찾아 등대로 와서 틀어박히

다니……. 등대지기에게는 하루하루가 지루하게만 생각되고, 차례
가 되어 육지로 가게 되는 것만이 기쁨인데…… 날씨가 좋은 계절에
는 저 커다란 기쁨이 달마다 찾아오는 것이다. 30일의 등대생활에 10
일 간의 육지생활, 이것이 규칙이었다. 그러나 겨울철과 기후가 나쁠
때는 규칙을 그대로 지킬 수가 없었다. 바람이 일고 파도가 거세지
며, 쌍기네르의 섬들이 물거품으로 하얗게 되면은 근무중의 등대지
기들은 2, 3개월을 계속해서, 어떤 때는 무서운 사태 속에서 갇혀 있
게 되는 것이다.

어느 날, 저녁식사를 하며 바르톨리 영감이 나에게 이런 이야기를
들려주었다.

「5년 전에 이런 일이 있었어요. 우리가 식사를 하고 있는 바로 이
식탁에서였습니다. 오늘과 같은 겨울밤이었지요. 그날 등대에는 나
와 채코라는 동료 두 사람뿐이었습니다……. 다른 친구들은 휴가다,
병이다 하여 육지에 가 있었지요. 우리는 말없이 식사를 끝내고 있었
어요. 그런데 갑자기 동료가 밥숟가락을 멈추더니 잠시 나를 얼빠진
눈으로 바라보고 있다가 팔을 앞으로 뻗친 채 털썩 식탁 위에 쓰러지
는 것이었습니다. 나는 달려가서 그를 흔들며 이름을 불렀어요.

'어이, 채…… 이봐, 채…….'

대답이 없었어요. 그는 죽었던 것입니다. 아시겠지요. 내가 얼마나
놀랐는지. 나는 한 시간 이상이나 시체 앞에서 넋을 잃고 떨고 있었
답니다. 그러자 문득 '등댓불은……' 하는 생각이 떠올랐습니다. 나

는 즉시 등화실로 올라가서 불을 켰습니다. 이미 밤이었습니다. 참으로 끔찍한 밤이었어요. 파도소리도 바람소리도 심상치 않았습니다. 내내 누가 계단에서 나를 부르고 있는 것만 같았지요. 나는 열이 나고 얼마나 목이 탔는지! 그러나 내려갈 수가 없었습니다. 시체가 너무도 무서웠지요. 하지만 새벽이 되자 용기가 좀 났습니다. 나는 친구를 침대로 운반해 놓고 천을 덮어 준 다음 잠시 기도를 드린 뒤 급히 구조신호를 보냈습니다. 불행히도 바다는 풍랑이 너무 심했습니다. 아무리 불러도 와 주는 사람은 아무도 없었지요. 그래서 나 홀로 가엾은 채코와 함께 등대에 남아 있게 되었던 것입니다. 참 막막했습니다. 나는 배가 올 때까지 그를 곁에 두려고 했어요. 그러나 3일이 지나니 그럴 수가 없었습니다. 어떻게 할까, 밖으로 내갈까? 땅에다 묻을까? 섬에는 까마귀가 수없이 많고 바위는 너무나 단단했습니다. 고인을 까마귀의 밥이 되게 버려둔다는 것은 차마 못할 일이었지요. 그러다 그를 격리소의 방 안에 옮겨두자는 생각이 떠올랐습니다. 저 따분한 일을 하는데 오후가 꼬박 걸렸습니다. 용기가 필요했었다는 것은 말할 것도 없죠. 참, 지금도 바람이 심하게 부는 오후에 그쪽으로 내려가려면 어깨에 시체를 메고 있는 듯한 생각이 든답니다…….」

가엾은 바르톨리 영감! 그는 그런 생각만으로도 이마에 땀을 흘리고 있었다.

우리들의 식사는 이렇게 긴 이야기 가운데서 진행되었다. 등대, 바다, 난파선의 이야기, 코르시카 섬의 산적 이야기 등. 그러자 해가 저물기 시작했다. 첫째번 당번의 등대지기가 작은 램프에 불을 켜고 파이프와 물통, 쌍기네르의 유일한 서적인 붉은 테의 두터운 『플루타크 영웅전』을 들고 안쪽으로 사라졌다. 잠시 후 쇠사슬과 활차와 커다란 시계추 소리가 온 등대 안을 울렸다.

그동안 나는 밖으로 나가 테라스 위에 앉아 있었다. 벌써 아주 기운 태양은 수평선 전체를 이끌며 점점 빠른 속도로 수면을 향해 떨어지고 있었다.

바람이 선선해지며 섬은 보랏빛으로 물들었다. 가까이에서 커다란 새가 무겁게 하늘을 날아갔다. 제노아식 탑으로 돌아오는 독수리였다. 조금씩 바다에서 안개가 피어올랐다. 이윽고 섬 주변의 흰 물거품 외에는 아무것도 보이지 않았다. 갑자기 머리 위에서 부드럽고 커다란 광선이 뻗쳤다. 등대에 불이 켜졌던 것이다. 밝은 광선이 섬 전체를 어둠 속에 남겨둔 채, 바다 한복판으로 뻗어갔다. 나를 간신히 스치며 지나가는 커다란 빛의 물결 아래서 나는 밤의 어둠 속에 싸여 있었다.

그러나 바람은 더욱 쌀쌀해지고 있었다. 집 안으로 들어가야만 했다. 나는 손으로 더듬으며 커다란 문을 닫고 쇠빗장을 찌른 다음 다시 손으로 더듬으며 좁은 주철의 계단을 올라갔다. 발 밑에서 층계가 흔들리며 삐걱거렸다. 등대 위에 이르자 그곳이야말로 광명에 차 있었다.

여섯 줄의 심지가 있는 거대한 카르셀 램프를 상상해 보라. 그 주위를 서서히 돌고 있는 등대실의 벽은 거대한 수정 렌즈가 박혀 있기도 하고, 불이 꺼지지 않게 바람을 막아주는 커다란 고정 유리판을 향해 열려 있기도 했다……

방으로 들어가자 나는 눈을 뜰 수가 없었다. 구리와 주석, 백색 금속의 반사경, 커다란 푸른 원광을 그리며 돌고 있는 오목한 수정 유리벽, 이 모든 반사광과 심지가 타는 소리에 나는 잠시 눈앞이 캄캄해졌다.

그러는 동안 차츰차츰 눈이 익숙해져서 등불 바로 밑으로 가서 잠을 쫓기 위해 커다란 소리로 『플루타크영웅전』을 읽고 있는 등대지기 곁에 앉았다.

밖은 암흑과 심연. 유리벽을 둘러싼 작은 발코니 위에서는 바람이 미친 듯이 소리치며 날뛰고 있었다. 등대가 삐걱거리고 바다가 울부짖었다. 섬 끝, 암초에 와서 부딪치는 파도가 포성처럼 소리쳤다. 이따금 보이지 않는 손가락이 유리창을 두드렸다. 그것은 불빛을 보고 끌려와서 머리를 유리에 부딪는 밤새들이었다. 따뜻하고 밝은 등대실 안은 심지가 타는 소리, 방울방울 떨어지는 기름소리, 사슬이 풀리는 소리, 데메트리우스드 팔레르의 생애를 낭독하는 단조로운 음성뿐이었다.

자정이 되자 등대지기는 자리에서 일어나더니 등불의 심지를 다시

한번 살펴보았다. 그런 다음 우리는 등대실에서 내려왔다. 층계에서 우리는 눈을 부비며 올라오는 둘째번 당번을 만났다. 우리는 그에게 물통과 『플루타크영웅전』을 넘겨 주었다. 그리고는 자러 가기 전에 등대지기는 쇠사슬, 커다란 추, 주석의 용기, 밧줄이 가득 들어 있는 구석방에 잠깐 들어가더니, 작은 램프의 희미한 불빛 속에서 언제나 펼쳐져 있는 커다란 등대일지에 이렇게 기록하는 것이었다.

'자정, 파도 극심, 폭풍, 먼 바다 위에 배가 보임.'

작가와 작품 해설

알퐁스 도데는 1940년 5월 13일 남프랑스의 님므 시에서 태어났다. 견직물 공장을 운영하던 아버지가 1948년 2월 혁명의 영향으로 파산하자 그는 전국 각지를 떠돌아다니며 생활해야 하는 불우한 어린 시절을 보내게 된다. 집안 형편으로 인해 교회의 성가대 학교에 들어가 라틴어를 배우지만, 다행히도 부친과 친교가 있었던 대학 총장의 알선으로 정규학교인 리용의 리쎄(중등학교)에 장학생으로 입학할 수 있었다. 그는 그곳에서 각종 어문학에 두각을 나타내며 우수한 문학적 역량을 과시하였다.

리용에서 청소년기를 보낸 그는 어려운 상황 속에서도 신앙과 독서로 위안을 찾던 어머니의 영향으로 독서에 열중하기 시작하였다. 풍부한 독서는 그에게 어느덧 뛰어난 상상력과 문학적 감수성을 가져다 주었고, 그리하여 도데는 14세가 되었을 때부터 시를 썼다. 이 시절에 썼던 감성이 풍부한 시편들은 1858년에 출간된 처녀시집 『사랑하는 여인들』에 몇 편 수록되어 있다. 「레오와 크레티엔느 프롤리」라는 소설도 이 시절에 완성하였으나 발표하지는 못했다. 이후 도데는 서정적인 문체와 우수가 깃든 환상적인 소설들을 쓰기 시작하면서 많은 사람들에게 사랑을 받게 되었다.

1856년에 도데는 리용에 있는 학교를 졸업하고 대학을 들어가기 위한 준비를 하지만, 큰형의 죽음과 또다시 아버지의 사업 실패로 인해 공립 중학교에서 복습교사를 하게 된다. 6개월 정도 이러한 생활이 계속되었으나 둘째형의 도움으로 파리에서 문학에의 열정을 맘껏 발산할 수 있었다.

1858년에는 처녀작이자 마지막 시집인 『사랑하는 여인들』을 출간하였고, 이후 그의 작품이 언론에서 호평을 받게 되자, 신문과 잡지에 작품을 발표할 수 있는 기회가 마련되었다. 이러한 기회와 함께 그에게 행운의 여신은 계속해서 손길을 뻗친다. 도데의 시집을 읽고 감명을 받은 왕후 으제니의 소개로 그는 입법회의 의장 모르니 공작의 비서로 들어가게 되기 때문이다. 이때 그는 상류 사회의 많은 사람들과 교제를 하면서 틈틈이 희곡도 집필하였다. 1862년 오데옹 극장에서 공연된 「최후의 우상」은 이 시기에 발표한 작품을 토대로 한 것이다.

1866년에 모르니 공작이 사망하자 자신의 생활을 스스로 책임져야만 했던 그는 열심히 소설 창작에 전념하여 전업 작가만으로도 충분히 생활을 이끌어갈 만한 인기 작가가 되었다. 그리고 그 이듬해인 1867년에 27세의 나이로 줄리아와 결혼하였다. 아내 줄리아는 도데의 훌륭한 동반자였는데, 그런 만큼 그녀는 그의 작품들을 읽고 조언을 아끼지 않았다. 이렇게 헌신적인 아내의 도움을 받으면서 그는 어린 시절과는 다른 좋은 환경에서 창작 활동에만 전념할 수 있었다. 도데는 다양한 장르에 걸쳐서 문학 활동을 했는데, 그 가운데서도 소설과 수필에서 두각을 나타내었다.

1868년 도데는 자신의 불우했던 어린 시절을 회상하며 쓴 「꼬마 철학자」를 발표하였다. 이 작품은 도데가 문인으로서 성공을 거두는 데 결정적인 역할을 하였고, 그런 만큼 이 작품은 부유한 어린 시절부터 경제적으로 어려움을 겪은 사춘기를 거쳐 혹독한 사랑의 시련을 겪으며 성인으로 성장하기까지를 담은 성장 소설이다. 이 작품 속의 주인공, 즉 현실과 결탁하지 않고 문학적 순수성을 지켜나가는 인물은 도데의 문학관을 대표한다.

문학적 성공에 이어 도데는 여러 곳에 발표했던 단편들을 모아 1869년에 서정 소설의 대표작인 『풍차방앗간 편지』를 간행하였다. 『풍차방앗간 편지』에는 주로 남프랑스 지방을 중심으로 하여 쓴 24편의 단편소설이 수록되어 있는데, 이 소설집 속에는 우리나라에서도 널리 읽히고 있는 작품들이 실려 있다. 즉 목가적이면서도 로맨틱한 분위기를 느낄 수 있는 「별」을 중심으로 하여, 유머러스하면서도 쓸쓸한 인생고를 그린 「고세 신부의 불로장생주」, 그리고 조졸한 한 마을의 평화스런 정경을 그린 「노인들」 등이 그것이다.

1872년에 그는 소설 「타라스콩의 타르타랭」과 희곡 「아를르의 여인」을 발표하였다. 순진한 청년인 장의 비련을 그린 「아를르의 여인」은 각색되어 상연되기도 했으며, 또 비데의 작곡에 의해 오페라로 공연되기도 했다.

1870년 7월에 보불 전쟁이 일어나자 애국심이 강했던 그는 근시로 병역이 면제되었는데도 불구하고 군에 입대하였다. 이 시기의 체험을 바탕으로 그는 그의 대표작이라 할 수 있는 단편 「마지막 수업」과 몇 편의 단편을 집필하였다.

1874년 도데의 첫 장편소설인 『동생 프로몽과 형 리슬레르』는 출간되자마자 유럽의 각국으로 번역되었다. 유럽 각국에서 출간된 이 작품은 많은 호응을 얻었고, 1876년에는 이 작품으로 아카데미상까지 받게 됨으로써 도데는 문학가로서의 위치를 더욱 확고히 하는 계기가 되었다. 하지만 이러한 성공에도 고향을 잊지 못해, 여러 작품들 속에서 고향에 대한 그리움을 묘사하였다.

이렇듯 도데는 불우했던 자신의 과거를 서정적인 문체로 그려냄으로써 더욱 아름답게 만들었으며, 그러한 서정성은 오늘날까지도 그를 서정 작가로 불리우게 하는 동인이 되었다.

그러나 세계적인 서정 작가였던 도데 역시 죽음의 신을 비껴나갈 수는 없어 1897년에 57세의 나이로 세상을 떠나고 만다. 그는 세상을 마감하는 그날까지도 문학에 대한 열정을 보여주었으며, 병석에서의 작품 활동은 희곡 「뉘마 루메스탕」, 회상집 『어떤 문인의 회상』, 수필 「파리의 30년」 등으로 결실을 맺었다.

도데는 살아 생전에 자연주의의 과학적 냉혹성을 다루는 일련의 작가들──플로베르, 졸라, 투르게네프──과 교류하면서 영향을 받기도 하였지만, 거기에 머무르지 않고 그만의 독자적인 문학세계를 확립하는 데 성공하였다. 즉 대상을 애정어린 눈으로 바라봄으로써 얻어지는 연민, 미소, 눈물, 유머 등의 감정을 시적 정서 속에 그대로 담았던 것이다. 따라서 그의 작품을 접하는 독자들은 소설이라기보다는 한 편의 서정시를 감상하는 듯한 기분에 젖게 된다. 그러한 도데의 서정성은 그 자신이 자신의 삶을 승화시켜 얻을 수 있었던 결과물로서, 그의 작품에서는 단순한 상상력의 차원이 아닌, 누구나 느낄 수 있는 감성을 느끼게 되는 것이다. 이것이 바로 그를 세계적인 작가로 발돋움하게 한 요인이라 할 수 있다.

작가 연보

1840년	5월 13일, 남프랑스 프로방스의 님므 시에서 셋째아들로 태어남.
1849년(9세)	아버지의 사업 실패로 리용으로 이사.
1854년(14세)	시와 소설을 쓰기 시작함.
1857년(17세)	집안이 완전히 파산하여 대학 진학을 포기. 이때의 경험이 「꼬마 철학자」에 묘사됨.
1858년(18세)	모델인 마리 리외 양과 교제. 시집 『사랑하는 여인들』을 그녀에게 바침. 이후 《휘가로》 지와 여러 신문에 많은 기사를 게재함.
1860년(20세)	당시 의회 의장이던 모르니 공의 인정을 받아 문학에 전념.
1861년(21세)	질병으로 알제리에서 이 해 겨울에서 이듬해까지 요양.
1862년(22세)	첫 희곡 「최후의 우상」이 파리의 오데옹 극장에서 상연.
1866년(26세)	「풍차방앗간 편지」를 가스통 마리라는 필명으로 집필.
1867년(27세)	줄리아 알라르와 결혼. 작품 활동을 하는 데 아내의 도움을 많이 받음.
1868년(28세)	불우했던 어린 시절을 회상하며 쓴 「꼬마 철학자」를 발표.
1870년(30세)	보불 전쟁이 일어나 육군에 입대.
1871년(31세)	파리를 탈출.

1872년(32세)	「타라스콩의 타르타랭」과 「아를르의 여인」을 발표.
1873년(33세)	보불 전쟁을 그린 「월요 이야기」를 발표.
1874년(34세)	『동생 프로몽과 형 리슬레르』를 발표. 이 작품으로 아카데미 프랑세즈상을 받았고 그후 명성이 알려지게 됨.
1876년(36세)	「자포」를 발표.
1877년(37세)	모르니 공의 사생활을 냉철하게 분석한 「나바브」를 집필함.
1881년(41세)	희곡 「뉘마 루메스탕」을 발표.
1883년(43세)	「사도」를 집필.
1885년(45세)	「알프스 산 속의 타르타랭」을 집필.
1889년(49세)	당시 문단에 대한 회상록인 『어떤 문인의 회상』을 발표.
1890년(50세)	타르타랭 3부작의 마지막 권인 「타라스콩 항구」을 집필.
1895년(55세)	「작은 성당」과 「아를라탕의 보고」를 집필. 이후 「인생에 대한 기록」, 「새 기록」을 집필.
1897년(57세)	12월 16일 사망.